神様は異世界にお引越ししました

日本の土地神様のゆるり復興記

アマラ

宝島社
文庫

宝島社

神様は異世界にお引越ししました

日本の土地神様のゆるり復興記

アマラ

宝島社

目次

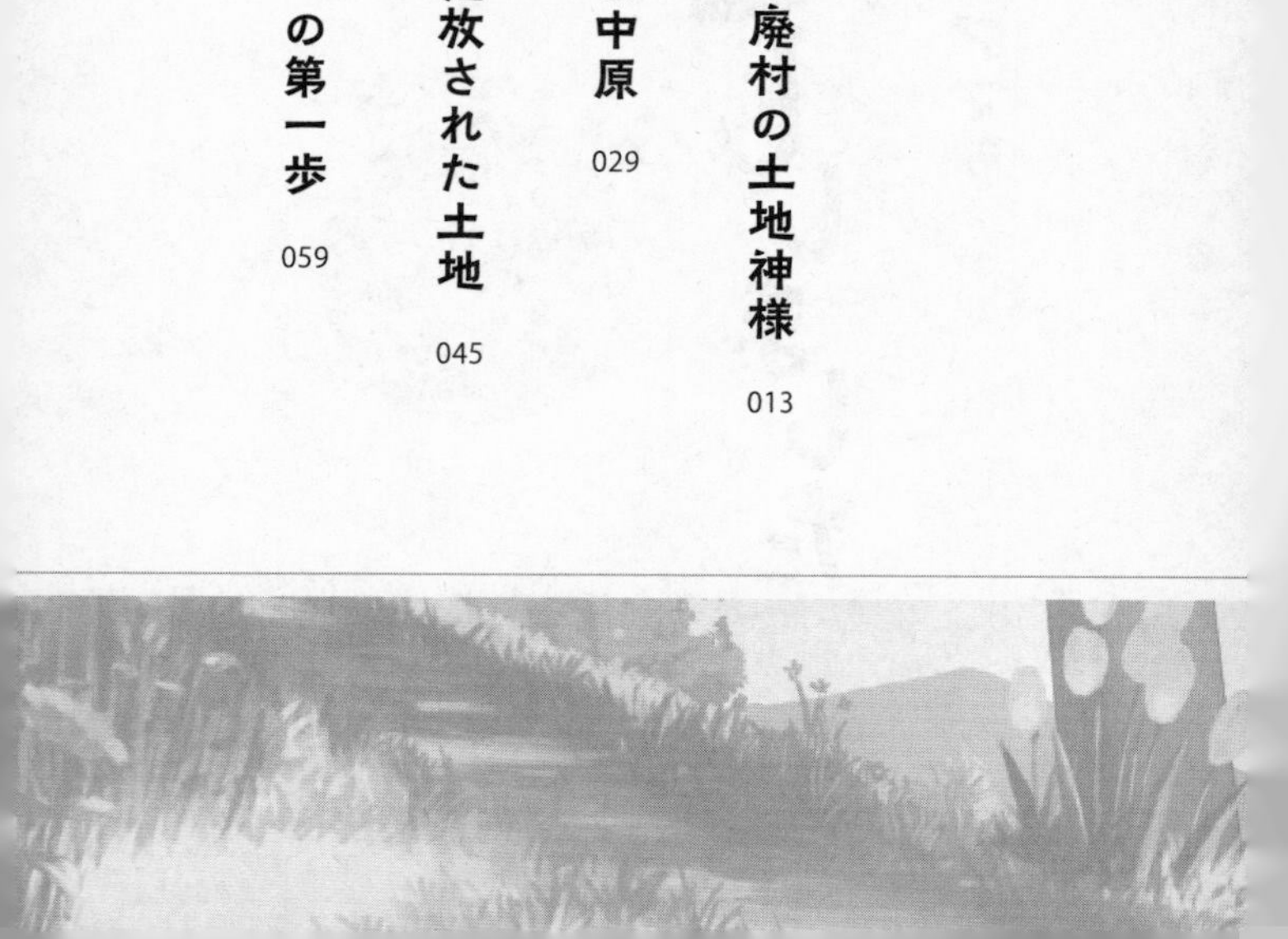

序

ある山奥の廃村に、小さな社《やしろ》があった。

半分朽《く》ちかけたその社に祀《まつ》られているのは、一本の朱塗《しゅぬ》りの鞘《さや》だった。


今から数百年も前の話になる。

小さな農村だったそこは、野武士達に狙われていた。

はじめのうちこそ上納金やら米を奪われるだけだったが、しょせん山の中の小さな農村。

そこから得られる金品《きんぴん》など高が知れている。

野武士達は早々に見切りをつけ、すべてを奪って別の村を狙うことにした。

女はすべてひっ捕らえて、男は皆殺し。

野武士のすべてがそうではないだろうが、その村を襲った野武士達はたいそうな下衆《げす》ばかりだった。

運が良かったのか悪かったのか。

野武士達がネグラの洞窟でかわしていたそんな会話を、まさにその村の子供が聞いていた。

村から四半時《しはんとき》も歩いたその場所に、子供はそうとは知らずに近づいてしまったのだ。

その年は米が不作で、小さな子供まで駆《か》り出されて食料を探していた。

小さな木の実を籠いっぱい集め、うれしそうにしていた子供は、冷や水を浴びせられたように顔を真っ青にする。

叫びそうになる自分の口を両手で塞ぎ、音を立てないようにその場を離れた。

何とか野武士達に気付かれずに洞窟から離れることが出来た子供は、転がるように獣道を走った。

急いで村の大人にこのことを伝えないと。

子供は急いで急いで、何度も転びながら走り続けた。

それでも、村はまだ遠い。

ついには息が上がり、子供は、はいつくばって進むのがやっとになるほど疲れ切ってしまった。

そのときだ。

「大丈夫かい？」

声をかける者がいた。

子供が倒れこんだのは森の中。

一体誰だろう。

顔を上げた子供の目に映ったのは、真っ赤な朱塗りの鞘を差した武芸者だった。

一瞬警戒する子供。

しかし、武芸者の笑顔を見て、体のこわばりが抜けていくのを感じた。

悪い人には見えなかった。

子供のそういう直感は、大人よりもずっとずっと鋭い。

息も絶え絶えになりながらも、子供は洞窟のそばで聞いたことを話した。

その内容は、簡単に信じてもらえるものではなかっただろう。

そもそも、見知らぬ武芸者には関わりのない話だ。

だが、武芸者の反応は意外なものだった。

子供を背負うと、村に向かって一目散に走り出した。

うっそうと茂る木々の間を縫い、でこぼこの地面を物ともせず走る。

背負われた子供は、まるで鳥の背にでも乗っているかのように感じた。

あっという間に村に着くと、武芸者は村の大人達を集め、洞窟で見聞きしたという話を子供にさせた。

最初は半信半疑な大人達だったが、続く武芸者の言葉に心を動かされていく。

旅人だという武芸者は、その野武士達に潰された村をいくつか見たというのだ。

村の大人達は意を決して、野武士達と戦うことにした。

他所に逃げようという声もあったが、山の中の小さな村に逃げる場所などどこにもない。

村の男達は武器を取り、女と子供達は家の中に隠れた。

武芸者は村長に野武士達を追い払うための戦法をいくつか教えると、その日のうちに村を出て行った。

村人の幾人かは男に残って一緒に戦ってほしいと言ったが、武芸者は首を横に振る。

なぜならその武芸者が野武士の仲間ではないかと疑っている者達がいたからだ。

武芸者も、それに気が付いていた。


野武士達がやってきたのは、村人が危険を知ったその日の夜だった。

夜陰に乗じて事を起こそうとしたのだろう。

不意打ちを狙った襲撃はしかし、思わぬ抵抗に遭った。

農具で武装した村人達が、入り口を守っていたからだ。

最初こそ慌てた野武士達だったが、相手は農民。

野武士達はすぐに落ち着きを取り戻しはじめる。

このままでは皆殺しか。

そう思ったときだった。

野武士達の後ろで、何かの輝きが閃《ひらめ》いた。

次に響いたのは、村人のものではない、野武士の断末魔の叫びだった。
突然のことに、誰も何が起こったのか分からなかった。
ただ一人、あの武芸者に助けられた子供を除いては。
武芸者は村を出た後、近くの森の中に潜んでいたのだ。
村を、野武士達から守るために。
武芸者の実力は驚異的なものだった。
あっという間に二人目を斬り捨て、三人四人。
五人六人、十人と。
次から次へと斬り伏せる。
武芸者の不意打ちに遭った野武士達は、瞬《また》く間に数を減らしていった。
とはいえ、野武士達もただ斬られるだけではない。
何とかその体を捕らえようと、武芸者を取り囲む。
武芸者に疲れの色が見え始め、野武士が残り数人になったとき、それは起こった。
野武士の刀が、武芸者の腹に突き刺さったのだ。
血がにじみ、武芸者の苦悶《くもん》の呻《うめ》きが響く。
普通ならば死に至ることであろうその一太刀《ひとたち》。
だが、武芸者は倒れず、残った野武士達を斬り捨てた。

村を脅かす野武士達がいなくなったことに、村人達は喜んだ。
命を懸けて戦ってくれた武芸者を称《たた》えようと、膝を突いて動かない彼に駆け寄る。
そして、村人達は気が付いた。
武芸者は腹に、きつく布を巻きつけていた。
斬られても臓物を出させない為のそれは、真っ赤に濡《ぬ》れている。
武芸者の顔は青白く、血の気はすっかり引いていた。
野武士に受けた一太刀が、ゆっくりと武芸者の命を奪おうとしていたのだ。
こうなっては、助かる道はない。
あっけにとられる村人達を見て、武芸者は力なく笑って言う。
「みんな、無事で良かった」
それが、真っ赤な鞘の武芸者の、最期の言葉となった。
村人達は武芸者に感謝し、その真っ赤な鞘を神社に納め、遺体を丁重に葬った。
村を救ってくれた彼のことを忘れないよう、神社は「赤鞘《あかさや》神社」と名を変える。
そして、その年から不思議なことが起こりはじめた。
清らかな水が湧き、田が肥えるようになり、飢えることがなくなった。
いつしか村人達は口々に言うようになる。
「あの武芸者は、神様の化身だったにちがいない」

村人達はその年の実りを、欠かさず赤鞘神社に奉納するようになった。

真っ赤な鞘はその後、何年経《た》っても色あせることも朽ちることもなく神社の奥に大切に奉納され続けた。

時代は移ろい、数百年の時が過ぎる。

村に住む者がいなくなってから、十数年の時が経った。

それでもその真っ赤な鞘は、朽ちた神社のその奥で、辺り一帯を見守るように鎮座している。

第一章　小さな廃村の土地神様

地上を見下ろすはるか上空。

成層圏ぎりぎりの位置に、一人の男が立っている。

立っている、というか、正確には「地面のほうに足を向けて直立状態」にあった。

そう。

彼は中空に浮いているのだ。

簡素な手縫いの衣に、似つかわしくない、背中に背負った一本の矛《ほこ》。

全体が黄金色の光を放つそれは、柄《つか》に実に見事な彫刻が施されていた。

石突《いしづき》からは本体と同じ黄金色の光を放つ不思議な鎖が伸び、男が担ぎやすいように矛に絡まっている。

矛先は三叉に分かれ、不思議なことにバチバチと光の筋を放っていた。

不規則に揺らめき空気中に四散していくその光の性質は雷のように見えた。

こんなところにいる彼は、人間ではない。

彼は、地球が存在するこの世界とはまったく違う、『海原《うなばら》と中原《ちゅうげん》』という世界の最高神である。

最高神であるだけに、さぞ威厳のある顔立ちなのかと思えば、そうでもない。

むしろ威厳という言葉からは、かけ離れた容姿をしていた。

眠たそうな半眼は子供が見たら泣きだしそうなほど目つきが悪い。

短く刈り込んだ髪は炎のように赤く、瞳の色とあいまって不良か何かのように見える。

外見年齢は、二十代後半ぐらいだろうか。

彼の姿だけを見て、地位の高い神だと思う者は皆無だろう。

そんな最高神「太陽神アンバレンス」は今現在、地図と格闘していた。

手にした紙製の世界地図と地上をひっきりなしに見比べながら、全身を横方向にぐるぐると回転させ続けている。

地上は人工の光で星空のように輝き、立ち並ぶ摩天楼は息を呑《の》むようではあったが。

今のアンバレンスはそれどころではなかった。

「なんだよこれもー。どっちが北だよ。こっち？　あの氷が張ってるほう？　え、でもこれナンキョク？　ミナミギメなの？　こっちはキタ？　キタギメ？　何これなんて読むの？　もー……」

どうやら地図と地形が頭の中で一致しないらしい。

「いや待て、冷静になれ俺。考えてみれば目的地の島国だけ分かればいいんだよ。形は覚えているぞ。なんか恐竜っぽくなりそうな感じの」

ふと見下ろしたアンバレンスの目に、奇跡的に目的の島国が飛び込んできた。

「あったー！　日本！」

アンバレンスはポケットに地図をしまい込むと、喜び勇んで降下をはじめた。

この後、彼は日本地図を片手に再び上空をさまようことになる。

持っていたのが細かい地名などが無い、学校の教室にでも貼ってあるような大雑把な日本地図だったからだ。

大阪城、鳴門《なると》海峡大橋、五稜郭《ごりょうかく》、鳥取砂丘、様々な歴史旧跡や観光地を回り、本来の目的地に着いたのは、一週間後のことであった。


三本足のカラスに先導され、アンバレンスは山道を歩く。

「いや、俺どうも方向音痴で。地図読むのも苦手なんすよね」

しきりに頭を下げるその姿は、異世界の最高神にはとても見えない。

カラスはといえば、こちらも申し訳なさそうに小さな頭をしきりに下げていた。

「いいえ。慣れない異世界で大変だったでしょう。アマテラス様からもきちんとご案内するように仰せつかっておりますから」

このカラスは「ヤタガラス」という、日本の太陽神「アマテラスオオカミ」のお使いだ。

一人で目的地に行くことをあきらめた彼は、同じ太陽神のアマテラスオオカミに泣きついたのだ。

ヤタガラスは導きの神とされており、神武《じんむ》天皇の道案内をしたとも伝えられている。

太陽の化身であるともされ、アンバレンスの案内役としては、うってつけだった。

「いやー、それにしてもアマテラスさん大物オーラ出てますよねー。名前もアマテラスオオミカミとかアマテラススメオオカミとか沢山あって！　あ、あとオオヒルメノミコトとか、オオヒルメノムチノカミなんてのもありましたっけ？」

「この国では色々な名前が付くことが多いですからね、神様方は。私どもも、どれだけ名前があるのか、分からなくなることがあるほどですよ。おっと、この道をまっすぐ行けば、件《くだん》の社に着きますよ」

どうやら目的の場所に着いたらしい。

アンバレンスは軽く周囲を見渡してから、ヤタガラスへと向き直る。

「いやー。ほんっと助かりました。またお礼もかねてご挨拶にうかがいますので」

「いえいえ、本当にお気になさらず！」

なんとも日本的なやり取りで頭を下げあうと、ヤタガラスは大きく羽ばたいて空の向こうに消えていった。

三本足のヤタガラスが去るのを興味深そうに見送ると、アンバレンスは大きくため息をついた。

やっと目的地に着いた安堵《あんど》感から、疲れがどっと出たのだろう。

ヤタガラスに言われたまま、山道をまっすぐに歩く。

しばらく進んだ先の小高い丘の上にあったのは、崩れかけ蔦《つた》が絡んだ社だった。

扉は欠落し、壁は穴だらけ。

鳥居も、正面に置かれていただろう賽銭《さいせん》箱もすっかり朽ちて原形をとどめていない。

それでもその場所が社だと分かるのは、周りとは明らかに異なる雰囲気のためだろう。

空気が違う、とでも言えばいいのだろうか。

〝ここはほかの場所とは違う〟と、感覚に訴えかけてくる。

神であるアンバレンスにとってみれば、この感覚は馴染《なじ》み深いものだ。

神聖な領域であることを示す感覚なのだから。

「んー。よく整ってる」

周りを一瞥《いちべつ》し、アンバレンスはそんな感想を漏らす。

命の根源ともいえる生命力や、大地の力。

風や地下の水の流れなど、ありとあらゆる物が滞りなく循環している。

生物が息づき、暮らしていくには、まさに理想的な環境だ。

生命力にしても水にしても、ただ溢《あふ》れていれば良いというものではない。

注ぎすぎれば器を壊し、滅茶苦茶にしてしまうのだ。

そうならないよう調整するのは、神の仕事のひとつでもある。

「良い神が治めている証拠だね」

満足そうに頷《うなず》きながら、社に近づいていく。
五、六人ほどが入れば、いっぱいになるような小さな社だ。
崩れ落ちた入り口をくぐると、ようやく目的の物が確認できる。

社の一番奥にそっと置かれた、真っ赤な鞘だ。

アンバレンスは居住まいを正すと、表情を引き締めた。

そして、自分の顔を確認するように触りはじめる。

普段あまりまじめな表情を作らないのか、きちんとした表情が出来ているか確認しているようだ。

納得するまで確かめたところで、アンバレンスは大きく息を吸い込み、声を張り上げる。

「私は『海原と中原』にて最高神を務める、太陽神アンバレンス。土地神、赤鞘《あかさや》殿の社とお見受けする。いらっしゃるのであれば、お目通り願いたい」

その声への反応は、すぐに現れた。

光の粒子の渦が、赤い鞘から立ち上る。

それは段々と集まっていき、徐々に人の輪郭を形作っていく。

現れたのは、時代劇にでも出てきそうな格好をした青年だった。

赤い羽織、黒い和服に、同じく黒い袴《はかま》。

どちらもどこか薄汚れていて、着古しているのが分かった。

長く伸びた髪を、後ろの高い位置でひとつにまとめている。

結わえてもまとまりきっていない前髪の下は、鋭い三白眼だ。

比較的整っている顔立ちだが、三白眼のせいか、ある種の威圧感を与えている。

土地神・赤鞘は、自分が現れた赤い鞘を手に取ると、脇に差す。

飾ってあったのは鞘だけだったのだが、腰に差すのと同時に、刀の柄が現れる。

「あ、はい。はい。赤鞘です、けど」

赤鞘は困ったような表情で首をかしげると、おずおずと言葉を続ける。

「あの、私のような木っ端の神に、その、大変失礼な言い方なのですが、どういったご用件で……？」

太陽神というのは、どこの神話、どこの世界でもかなり上位の神であり、目の前の神は最高神を務めていると言っていた。

それに比べ、赤鞘はお世辞にも上位の神とは言い難い。

神として管理できる範囲はせいぜい村一つ分程度。

主な仕事は、地脈や気脈の流れを整えること。

日本の神としては、せいぜい管理人のような扱いの仕事だ。

それも、赤鞘が治めているのは重要な土地から遠く離れた、山々に囲まれた廃村である。

アンバレンスを送ってきたヤタガラスのほうが、よっぽど神としての格が上だった。

赤鞘は自分が、ちょっと力が強い妖怪とどっこいぐらいの神だと自覚していた。

だから、なぜ異世界の太陽神などという存在が自分に会いに来たのか、赤鞘にはまったく見当がつかなかった。

外見はともかく、見るものをひれ伏させるのに十二分な神々しさを放つ最高神が、ド田舎《いなか》の超下っ端神様に会いに来たのだ。

当然、赤鞘は驚いていた。

むしろビビッていた。

がくがくと膝を震わせている赤鞘を見て、アンバレンスはようやく怯《おび》えられている事に気が付いた。

「あ、いえ、その何というか、実はお話がありまして、あ、これその、つまらない物なんですが……」

そう言うと、アンバレンスは片手に下げていた風呂敷包みを広げた。

中から出てきたのは、お土産《みやげ》の定番「東〇バナナ」だ。

「あ、どうも気を遣っていただいて申し訳ありません！　そうだ、すみませんお茶も出さずに。座布団も朽ちてしまったもので、その辺に腰を下ろしていただくしかないんですけど、どうぞお楽に……」

「どうぞ気を遣わずに！　突然押しかけてきたのはこちらですから！」

異世界の信者が見たら幻滅しかねない、純日本風なやり取りをする二柱の神々であった。

ひとしきり頭を下げたところで、アンバレンスはおもむろに話し始めた。

太陽神アンバレンスの世界、『海原と中原』は、もともとは母神が治める場所であったのだという。

その母神が突然、別の世界に行くと言い出した。

無の世界へ行き、新しい世界を一から創るのだと。

もともと母神は神々を生み出し育む存在で、世界を治める存在ではなかった。

優秀な幾人かの子供達を連れた母神はアンバレンスに『海原と中原』を託し、新たな世界に旅立った。

ちなみにそれは、ほんの一年ほど前のことだという。

「ずいぶん最近なんですね。なんか神話的な話なのに」

妙に感心した様子でつぶやくと、赤鞘はずずーっとお茶を啜《すす》った。

アンバレンスの手土産である東○バナナは、既に二柱の神によって半分ほど食い尽くされている。

「そうなんですよ。まあ、確かにお袋、そういうの苦手ではあるみたいでしたし。気持ちは分かるんですよ？　でも、何で死者の世界を治めてた姉貴までついていくんだと！　山岳の神やってた兄貴までついていって……残されたこっちは人事異動やら世界の調節やらでてんやわんやですよ」

深いため息をつき、アンバレンスもずーっとお茶を啜る。

「それって。結構重要な立場じゃ……」

「その通りですよ。世界運営の中でも海とか戦とかそういう重要度の高いことを司《つかさど》る高位の神々を半分ぐらい連れてったんですよ」

「何でまたそんなことに」

「お袋は自分が世界を管理するのが苦手だから、新しいところに行ったんですよ。だから今度は管理は優秀なのにまかせて、自分は見てるだけを決め込むつもりらしいんですよ」

「あー……」

悲痛な表情でため息を吐き出すアンバレンス。

赤鞘はなんともいえない引きつった表情でそれを眺める。

「半分近くですよ。それも優秀な連中ばかり……まあ、そのおかげで地方にいた連中とかを引き揚げてやれたんですが。こっちは過労死寸前です」

「は、はあぁ」

「それに問題のある連中は結構残ってて。もうどうしていいやら……！」

半泣きになる太陽神を前に、固まる赤鞘。

大の男、それも異世界の最高神の半泣きは、見せられるほうとしてはたまったものではない。

「そこで、本日ここに来たのは、ほかでもない。赤鞘さんに助けていただきたいからなんですよ」

「はぁ？」

赤鞘は、思わず間の抜けた声を上げてしまった。

「助けるって。私がですか？」

自分の顔を指差す赤鞘に、アンバレンスは大きく頷いてみせる。

「いやいやいや、ちょっと待ってください。私、これといって特技も無いごくごくありふれた神なんですが」

謙遜でもなんでもなく、赤鞘は自分のことをそう思っていた。

ていうか、崇《あが》められて社に祀られてからも、余りにも力が弱すぎたがために、二十年ぐらいは自分のことを妖怪変化だと思っていた。

「いやいや。この土地を見れば分かりますよ。よく管理された、素晴らしい土地だ。この出して頂いたお茶ひとつとっても分かります」

そう言って、アンバレンスは湯呑みを持ち上げた。

「この水。本当に良い水だ。気に満ち満ちてる。俺の世界には、魔力という力があります」

唐突に話題が変わったような気がして、赤鞘は首を捻《ひね》る。

「魔力というのは、エネルギーのことです。『海原と中原』では大気、大地、水。様々なところにあり、生物が生存するために必要不可欠なものなんです」

「あー……」

世界が違えば、理《ことわり》も違ってくる。

魔力と呼ばれるエネルギーが存在する世界がある、というのは、赤鞘も知識では知っていた。

「ウチの世界の自然界に存在する魔力は、水の流れや風、地脈と同じように神が管理しています。魔力は生存に欠かせないものであり、地形を変えるほどの力を持つ、魔法の原動力でもあります。その管理はつまり、太陽の管理にも近い重要度の高いものです」

「あの、それと私が助ける云々《うんぬん》っていうのはどう繋《つな》がるんでしょう？」

「要するにですね。赤鞘さんにうちの世界に来て、土地の管理をやってもらいたいんですよ」

「……はい？」

表情が引きつる赤鞘にかまわず、アンバレンスは言葉を続ける。

「赤鞘さんの土地を整備する能力は、それはもう尋常じゃなく高い。日本人っていうのは物事を細かく管理するのが得意なんでしょうね。そのお力を、ぜひ私の世界で振るっていただきたい！」

そう言って、頭を下げるアンバレンス。

その様子に、何が起こったのか理解が追いつかず凍りつく赤鞘。

が、すぐに再起動すると、必死になって顔と手を横に振りはじめる。

「いやいやいや！　無理ですよ？　私、土地神だからここ離れられませんし！　そもそも実力なんてぜんっぜんないですからっ！」

「ご安心ください。既にアマテラスさんの許可は取ってありますから！」

「そ、そう、です、か……」

顔を引きつらせる赤鞘。

アマテラスオオカミは赤鞘にとっては天上人。

平社員に対する、創業者兼会長のような存在である。

この時点で、既に彼に選択肢はないのだ。

もっとも、頼んだアンバレンスはそれほど強制力があることだと思っていない。

ただ、「もろもろの準備はこちらで済ませます」という誠意を見せただけだ。

その証拠に、「もちろん、無理にとは言いません。断られることも、覚悟してきています」とか言っている。

きっとアンバレンスの生まれ育った環境では、上司にNOというのは、そう特別なことではないのだろう。

だが、超ド田舎武家社会出身の赤鞘には、上司にはすべてYESで答えるのが当然なのだ。

「このままでは私の世界は、長く混乱を迎えることになるでしょう。実際、自分達の腑甲斐《ふがい》なさゆえなんですが」

悔しそうに歯噛《はが》みするアンバレンス。

その様子を見た赤鞘の額には、いやな汗がぶわりと噴き出す。

そんな様子を知ってか知らずか、アンバレンスはゆっくりとした動作で、深々と頭を下げる。

「もちろん、ただとは言いません。今よりずっと広い土地を用意します。よい土地を作っていただくのが目的ですから、干渉も控えます。どうか、どうかひとつ……！」

「うあ」

引きつった表情で、うめき声を上げる赤鞘。

人に物を頼まれるとイヤとは言えない、かつ、偉い人の言うことは聞かないといけない気がする。

赤鞘は、そんな流されやすい日本人の典型のような性格だった。

そのうえ元々、見ず知らずの村のために命を投げ出すような真性のお人よしだ。

他所の世界の太陽神が頭を下げて頼んでいる。

この状況は赤鞘を追い詰めるには、十分すぎるものだった。

しかも、上司であるアマテラスからのお墨付きもあるという。

「わ……」

赤鞘はゆっくりとした動きで胸を張ると、瞳を若干潤ませながら胸を叩《たた》く。

「分かりました。私でよろしければ、お力になります！」

「あ、ありがとう！　ありがとうございます！」

半分泣きが入っている赤鞘の様子に、アンバレンスは気が付いていないようだった。

こうして、小さな廃村の土地神、赤鞘は剣と魔法の世界へとお引越しをすることとなった。

土地の引継ぎや、周囲の神々への挨拶。

新しい世界で必要な知識の習得のほか、もろもろの雑務。

そういったものが一段落して、赤鞘が異世界へと旅立ったのは、アンバレンスが訪ねてきてから、一ヶ月ほどが過ぎてからだった。

小さな廃村の、小さな社が崩れ落ちた。
そこに祀られていたはずの赤い鞘は今は無く、どこかに消えてしまっている。
それを悲しむものの、今はもういない。

第二章
海原と中原

太陽神アンバレンスが司る世界にも、神の補佐役がいる。

忙しい神々に代わり、地や水、空の生き物同士のあれこれに干渉するのは天使の役目である。

人々の願いを聞き、必要であると判断すれば叶《かな》え、無用と判断すれば「ガンバレ」と声をかけもする。

単一種族が増えすぎたり、森が消えたり、他種族すべてを滅ぼそうとする魔王と名乗るものが出てきたり、自分達の手に負えないことが起きれば、管轄の神に報告する。

そう。そのありようはまさに中間管理職。

当然、気苦労も多い。

人間達から「日照りが続きすぎてこのままでは飢え死にします」と泣きつかれ、そのことを神々に報告してみれば、「大地の神が付き合ってくれってウザいから、外に出たくない」と雨を司る女神に切り捨てられたりもする。

もちろん、人間達に「雨が降らせられない」と報告するのは天使達の仕事だ。

このとき「言い寄ってくる男のせいで、女神様は雨を降らせたくないんです」と言えたら、どれだけ気が楽だろう。

むろん、そんなこと口が裂けても言えるわけがない。

そんなことを言おうものなら、女神への信仰心はだだ下がり、そのきっかけをつくった天使達には女神からのお叱りが待っている。

人間同士の揉《も》め事の仲裁、なんてのも業務の一環だったりする。

「隣の国は神々を尊ばないから聖戦を仕掛ける」だの、「神の御威光を笠に着てやりたい放題の隣の国に天誅《てんちゅう》を下す」だの。

そんなことまで天使に仲裁させないでもらいたい。

だが放っておいて戦の神に勝利の祈禱《きとう》でもされた日には「お前達がいながら何事か」と怒られてしまう。

理不尽。

まさにその一言に尽きるだろう。


そんな天使の一人が、とある荒れ地の上空に立っていた。

すーっと上空を翼で滑空するでもなく、羽ばたくでもなく、遥《はる》か空高くに立っているのだ。

外見年齢的には、十五、六といったところだろうか。

幼い顔立ちは、美しいというよりはかわいらしい。

白い貫頭衣を羽織り、背中には純白の羽。

頭の上に浮かぶのは、金色の輪。

腰まで届く美しい金髪に、蒼《あお》く潤んだ瞳。

物語の中から飛び出したかのような天使だった。

荒れ地の上空で彼女が待機しているのは、ほかでもない。

彼女が新しく赴任してくる神、赤鞘を待っているからだ。

落ち着かなげに首をめぐらせ、そわそわと視線を泳がせる。

「んー。まだ来ないのかな」

緊張しているのだろう。

それもそのはず。

彼女が赤鞘と会うのは、今日が初めてになるのだから。

赤鞘が異世界『海原と中原』に来ることが決まってすぐ、彼女は赤鞘の補佐をすることになった。

理由はよく分からない。

というか、すれ違いざま、アンバレンスに「あ、ちょうどいいや。エルトヴァエルちゃんまじめだし赤鞘さんの担当ね」と言われたところを見るに、テキトウだと思われる。

そんな決め方でいいのか、とか、なんでアンバレンス様は私のことを知っているのか、とか、いろいろ思うところはあったものの、結局彼女はその役目を受けることにした。

最高神から招かれ、異世界からやってきた神。

その神の仕事を間近でお手伝い出来るというのは、天使冥利に尽きると思われたからだ。

彼女の名は、天使エルトヴァエル。

『海原と中原』では、少しは名の知られた天使だ。

赤鞘が『海原と中原』の天界で世界のことや言語などを学んでいる間、エルトヴァエルは赤鞘が管轄する地域、隣接する国々の情報集めに追われた。

これからやってくるのは、異世界の神様だ。

まったく知らない世界に来るのだから、情報はいくらあっても足りないはず。

周囲の植生に、動物の種類、集落や国を作っている人種、その勢力図。

あるときは透明化し、あるときは水に潜り、あるときは人に化けて調べた。

同僚から「君は絶対、隠密とかのほうが向いてるよ」とからかわれたスキルの高さを、遺憾なく発揮した。

気が付いたときには、彼女の元には数ヶ国分の軍事機密と、学者達がのどから手が出るほど欲しがるであろう様々なデータがそろっていた。

やりすぎただろうか。

いや、そんなことはないはずだ。

何せエルトヴァエルが仕えることになるのは、太陽神アンバレンスに乞われ、わざわざ異世界からやってくる神なのだから。

情報収集に手間を取られすぎて、結局任地に赴く今日まで顔を合わせることはなかったが、きっと素晴らしく、優秀な神様に違いない。

そんなこんなで、エルトヴァエルは少し緊張気味に、赤鞘が来るのを待っていた。

天上界から降りてくるということなので、上空で待機していれば、まず見落とすことはないはずだ。

天使であるエルトヴァエルの感知範囲は、尋常ではなく広いのだから。

「はぁ……」

今日何度目かになるため息をつき、天使は胸を押さえた。

一体、どんな神様だろう。

緊張と期待、楽しみと不安。

いろいろなものが胸に渦巻いている。

再び、ため息をつこうと息を吸った、そのときだった。
上空から何かが降りてくる気配に、エルトヴァエルが気が付いたのは。
いや、降りてくるというには、あまりに速度が速すぎる。
むしろ落下してくるとか、墜落してきてるとかのほうが適切だろう。
「な、なに?」
落下物を肉眼で確認しようと、顔を上げる天使。
そこにあるのは、真っ青な抜けるような青空。
ところどころ少し雲がかかっているものの、晴天と言っていいだろう。
そんな気持ちのいい空に、何か黒い染みのようなものが見えた。
「え?」
不審げに目を凝らす。
よくよく見ると、それは人の形をしているようだった。
天使の額に、ジワリと汗がにじむ。
人の形のそれはやはり落下しているようで、どんどんその大きさを増していく。
それに伴い、なにか叫び声のようなものも聞こえてくるような気がする。
というよりも、聞こえてきている。
「ああああああああああ!!」
着物に袴、腰に差しているのは、真っ赤な鞘だろうか。

落下するごとに鮮明になってくるその光景は、エルトヴァエルの思考を一瞬停止させるのに十分なインパクトの代物だった。

武芸者らしき物体は、そのまま天使のすぐ近く、ほんの二、三メートル手前を通過する。

「タスケテ！」

すれ違いざまのその一瞬、エルトヴァエルの耳には確かにそんな言葉が聞こえた。

そして、ばっちり目があった気がした。

だが、あまりの突然の出来事に、エルトヴァエルはどう対処してよいか分からない。

結局、落下するのを硬直したまま眺めていることしか出来なかった。

尾のように叫び声を引きながら、両手両足をばたつかせて落下していく武芸者らしき物体。

それはそのまま地面へ向かって直進していき、地響きを上げて墜落した。

その様子を目線だけで追っていたエルトヴァエルの頬を一滴の汗が伝い、顎から滴る。

そして、ぎこちない動きでごくりと生唾を飲み込んだ。

「なんなのアレ」

ようやくといった様子で、声を絞り出す。

その数秒後、ある恐れに気が付いた天使は、血相を変えて地上を目指した。

これが、天使エルトヴァエルと、赤鞘の初めての出会いになった。


乾燥した大地に穿《うが》たれた、真新しいクレーター。

深さ二メートルほどの、お椀《わん》型をしているそれは、もうもうと土煙を上げている。

その中央には、真っ赤な鞘が一本めり込んでいた。

高度数千メートルから自由落下したのだ。

普通なら原形をとどめないほど粉砕されるのだろうが、どういうわけかその鞘には傷ひとつ付いていなかった。

それもそのはず。

この鞘は伝説の品や神器どころか、神そのものなのだから。

もっともその割には、まったく飾りけもない量産品にも見える質素な外見ではあるのだが。

地面にめり込んだ鞘から、小さな光の粒子が立ち上る。

土煙を押しのけ、質量のある生きもののように揺らめくその粒子は、煙のようにも見えた。

高さ二メートルほどまで立ち上ると、散漫に広がっていくかに見えたそれは、次第に一箇所に集まっていった。

人の輪郭のようなものを作りはじめた光の粒子は、徐々にその輝きを増していく。

瞬間、眩《まばゆ》い閃光《せんこう》が走る。

それが収まったときには、光の粒子は一人の武芸者へと姿を変じていた。

「はぁー……。死ぬかと思った。びっくりして体が消えちゃいましたよ」

武芸者、土地神・赤鞘は心底疲れきったような顔でそうつぶやくと、傍らに転がる自らの依《よ》り代《しろ》を拾い上げた。

自らが穿ったクレーターから這《は》い出すと、赤鞘はきょろきょろと周りを見回す。

ぺんぺん草のような草が所々生えているだけの大地。

「あー。これは見事な荒れ地ですね」

ため息交じりに言いながら、赤鞘は鞘を自分の腰に差した。

赤鞘の言葉通り、周囲はまさに荒れ地といった風景だった。

海と、数キロの平地が広がり、海の反対側には山が見える。

平地と海の間にはそれなりの高さの崖などもあるようで、地震大国日本からやってきた赤鞘も、津波を気にしなくて済みそうだ。

赤鞘が落下した場所は高台に当たるらしく、そこから少し離れたところには川が流れているのも確認できる。

だが、その周りにも植物は少ない。

「んー」

土地の様子を一通り見た赤鞘は眉を寄せ、小首を捻る。

やおら地面に膝をつくと、土を手にとってまじまじと見つめた。

乾いてしまっているそれを、指で掌《てのひら》に押し付ける。

顔を近づけて匂いをかぐと、赤鞘の眉間の皺《しわ》はますます深くなった。

さらに、掌の上で土をぐりぐりとすり潰し、指についた土をジーっと睨《にら》み付ける。

土のついた指を上に掲げ、太陽越しに見てみたり、顔を横にして、薄目で見てみたり、今度は逆に体で影を作り、その上から見てみたり。

しばらく指についた土を観察した赤鞘は、おもむろに指を口に近づける。

そして、ぺろりと指についた土を舐《な》めた。

味を確かめるようにしばらく口をもごもご動かし続け、横を向いて吐き捨てる。

赤鞘は表情を険しくすると、小首をかしげながら周りを見回しはじめた。

「あーもー！　はやくはやくはやく！」

いらいらとした口調でひとりごちり、天使はくるくると旋回しながら地表を目指して降下していた。

空を飛ぶものには、飛び方に得手不得手が少なからず存在する。

長距離を飛ぶのは得意だが、離陸が苦手。

エルトヴァエルは上昇と滑空は得意なのだが、下降が苦手なタイプだった。あまり急いで降りようとすると、勢いを殺しきれなくなって地面に激突してしまうのだ。

徐々に近づいてきた地表には、一人の男が立っていた。

この世界ではほとんど見ない和装に、腰には赤い鞘。

「いたっ！」

エルトヴァエルは顔をぱっと明るくすると、大きく羽撃つ。

苦手な着地を何とか成功させようと、羽だけではなく手足も大きくばたつかせる。

焦っているのか、なんとももどかしそうに動くその姿は、おぼれているようにも見えた。

わたわたと体中を動かしながら、地面からはまだ幾分か離れたところで無理矢理羽を畳んだ。

そして、ほぼただの自由落下と変わらない速度で地面の上へ降り立った。

かなり無茶をしたのだろう。

心臓の辺りを押さえている様子からして、心拍数が相当跳ね上がっているようだ。

しばらく肩で息をしていたエルトヴァエルだったが、思い出したように顔を上げ、慌てた様子で走り出す。

向かった先にいるのは、もちろん和装の男だ。

和装の男の前にやってきたエルトヴァエルは、倒れ込むような勢いで跪《ひざまず》くと、頭を垂れて口を開いた。

「異世界より此《こ》の地にお越しくださった神、赤鞘様とお見受けいたします」

「へ？　あ、はい。そうですけど」

赤鞘は突然現れた天使を唖然《あぜん》とした顔で眺めながら、間の抜けた声で返事をした。

「私は赤鞘様にお仕えするよう申し付かりました天使、エルトヴァエルと申します」

「ああ、あー。なるほど。貴女《あなた》がエルトヴァエルさんですか！　先にこちらに来ていると聞いていたので、落下してくるとき見かけてもしかしたらそうかなー、とは思ったんですけどね？　私、ソラ飛べないもんで。落ちてくるしかなかったんですよね」

あっけらかんとそう言うと、赤鞘は苦笑しながら頬をかいた。

困ったときは笑ってごまかす。

まさに日本人体質だ。

「そんな跪いてないで、顔上げてください！」

「はい。ありがとうございます」

そう言うと、天使エルトヴァエルはゆっくりと顔を上げた。

これから仕える神に対して跪かないというのもどうかと思ったが、赤鞘がそうしろと言うのだから是非もない。

立ち上がり、赤鞘を正面から見つめる。

そんな様子に満足したのか、赤鞘は手に持っていた土を捨て手を払うと、にっこりと微笑《ほほえ》む。

「そうそう。先に言っておきますが、私この世界の礼儀作法とかよく分からないので、失礼なことしてしまうかもしれませんけど。まあ、その辺はお互い気楽にやりましょう」

「き、気楽に、ですか？」

エルトヴァエルは自分の表情が引きつるのを感じた。

彼女の知るこの世界の神は、なんでも大仰にしたがるものばかりなのだ。

「お腹すいたからつまむ物持ってきてくれない？」という内容を二百字詰め原稿用紙二、三枚ぐらいの文章でやり取りするのは当たり前。

例外といえば、唯一太陽神アンバレンスぐらいだろうか。

彼は下の身分であるはずの天使達にも、母神やほかの神々に対してとまったく同じように振る舞っていた。

それはそれで大問題なのだが。

「あ、そうだ。アンバレンスさんからコレ預かってきたんですよ。エルトヴァエルさんにって」

「太陽神様からですか⁉」

「ええ。なんか、すぐに読んでくださいとのことでしたけど」

赤鞘が懐から取り出したのは、一通のはがきだった。

気軽に「はいっ」と渡されたそれを、両手で受け取るエルトヴァエル。

本来、神が天使へ手紙を書くことなどない。

念話で事足りるからだ。

念話、とはいっても、神から天使へ一方的に語りかける形になるのだが。

エルトヴァエルは混乱しながらも、アンバレンスからのものだというはがきを読みはじめた。


おはようございますこんにちはこんばんは。

太陽神アンバレンスです。

今回は異世界から来てくれた赤鞘さんのサポート役になってもらって、本当にありがとうございます。

本当に、本当にありがとうございます。

一ヶ月の間、いろいろな情報を集めてくれたようですね。

エルトヴァエルちゃんは情報収集とかが得意だとは聞いていたんですが、こんな短期間で周りを全部調べ終わったと聞いて、びっくりしました。

その情報はきっと、赤鞘さんの力になると思います。

何せ赤鞘さんがこの一ヶ月で習得したのは、現地の言葉だけなのですから。

どうも我々は、赤鞘さんの学習能力を舐めていたようです。

いろいろ勉強してもらったのですが、赤鞘さんはいまだに周囲の国の名前も位置もうろ覚えです。

要するになんにも覚えてないのとほとんど変わりません。

半端に覚えてる分よけい質《たち》が悪いです。

ついでに言うと、肝心の動植物のほうもあまりよく分かっていないようです。

おそらく、名前と形が一致していません。

ファンタジーなモンスターとかは大体分かるようなのですが、この世界独特の動植物はいまいちなようです。

そんなわけで、いろいろ赤鞘さんに教えてあげてください。

エルトヴァエルちゃんなら出来るって、信じてるっ！

草々

はがきを読み終わったエルトヴァエルは、引きつった顔のまま固まっていた。

脳が事態を受け入れるのに、時間がかかっているようだ。

どうやら赤鞘もはがきの内容を知っているようで、ごまかすように笑いながら頭をかいている。

「まあ、なんていうか。よろしくお願いします」

「はぁ……」

曖昧な笑みを浮かべながら、天使エルトヴァエルはため息とも返事とも取れるものを吐き出した。

第三章 神に見放された土地

とりあえず今後の方針を決めようということになり、赤鞘と天使エルトヴァエルは対面して座っていた。

赤鞘が治めている土地は、今のところ荒れ地しかないので、座るのは地べたに直接。しかも場所は、赤鞘が落下して出来たクレーターの横だ。

天使と神が荒野のクレーターの横で、正座で向かい合っている。

「地上への出入り口だっていうから一歩踏み出したんですけど、この世界の神様ってことごとく飛べるんですね。上空に入り口があるとは思いませんでしたよ」

よほど怖かったのか、真顔で語る赤鞘。

この世界の神族や天使にとっては常識ではあったが、赤鞘にそれは当てはまらなかったらしい。

というか、出入り口から顔を覗《のぞ》かせれば、どうなるかぐらい分かりそうなものなのに……。

そんなことを思うエルトヴァエルだったが、赤鞘のあまりの真剣な表情に言葉が出なかった。

三白眼で、基本的に強面《こわもて》の赤鞘の真顔は、無駄に迫力がある。

それこそ天使が額に脂汗を浮かべるぐらいに。

「その……大変でした、ね？」

なんともいえない硬い表情でそう言うエルトヴァエル。

注意力散漫すぎるだろうとツッコミを入れたいところだが、相手は神様だ。

そんなこと言えるわけもない。

微妙に表情が引きつっているエルトヴァエルだったが、赤鞘が気づいている様子はない。

「さてと。ええっと、早速なんですが」

「はい」

赤鞘の声に、エルトヴァエルは姿勢と表情を正した。

本題に入るようだ。

「何でこの土地ってこんなに肥沃なのに草が生えてないんです？」

落下直後、赤鞘はこの土地の土を調べていた。

表面は乾燥し多少硬くなっているものの、荒れ地になるような土ではない。

土自体やわらかく、草木が根を張るのにもってこいのはずだ。

どういうわけか、栄養も豊富に含まれているようだった。

人間の感覚器官というのは想像以上に優秀で、たとえば料理で「塩が一摘《つま》み足りない」なんていうことも見抜いたりする。

匂いと手触り、それだけで足りないと思えば、味で情報を補完する。

れっきとした土の確認作業の一環なのだ。

もっとも、ほとんどの場合は畑の健康な土に対して行うものであり、その辺の土を口に入れるのはお勧めできないのだが。

神である赤鞘の場合は、一応その限りではないわけだ。

そんな赤鞘の質問に、エルトヴァエルは不思議そうな表情を見せた。

数秒目を見開いて赤鞘の顔を見つめると、何かに思い至ったらしく「ああ、分かりました」とつぶやいてこくこくと首を縦に振った。

赤鞘が未《いま》だこの世界の常識をあまり理解していないことを思い出し、エルトヴァエルは説明のために口を開く。

「はい、確かにこの土地は栄養を豊富に含んでいると思います。近くに水場もありますし、そういう意味ではとても恵まれています」

エルトヴァエルの言うように、二人がいるすぐ近くには川が流れている。

それを改めて確認するように視線を川のほうに向け、赤鞘は首を捻った。

「海が近くにありますが、塩害というわけでもありませんよね。雨も適度に降っているようですし、気候も温暖のようですが……」

赤鞘の言うように、この辺りは海辺ではあるが塩害を受けている様子はない。

地面の湿りけや川のカサを見ても、水が不足しているということはないだろう。

外気温も、低すぎるということもなく、暑すぎることもない。

除草剤でも撒《ま》かれているのかとも思ったが、その気配もなさそうだ。

正直なところ、赤鞘にはこの土地に草が生えていない理由が思いつかなかった。

困惑気味に顔をしかめる赤鞘。

エルトヴァエルは少し悩んだ後、言葉を選ぶように話しはじめる。

「まず、この世界における魔力についてご説明します。魔力とは、この世界のどこにでも存在するエネルギーのことです。これは〝世界の理を逸脱した現象を起こすための対価〟とも呼ばれるもので、その使い方次第でありとあらゆる現象を起こすことが可能です。では、目で見て分かるように、少し再現してみます」

「おー……」

エルトヴァエルは指を立てると、それを左右に振るう。すると、指先から淡い光の粒子が溢れ出し、意思を持っているかのように動きはじめた。

それらは数箇所に集まり、何かを形作りはじめる。

出来上がったのは、いくつもの「魔力」という文字だった。

この光の粒子は一種の奇跡であり、神や天使がよく使うものだ。

魔力とは関係ない力なので、魔力が枯渇したこの土地でも使うことが出来る。今は赤鞘に分かりやすいよう、説明のために使っているわけだ。

決して珍しいものではないのだが、赤鞘は感心したように声を上げた。

「そんな便利な力があれば、生物はもちろん利用します。この世界に生きとし生けるものの大半が、生命活動に魔力を使っています。酸素に近いもの、と考えていただければ、間違いないかと思います」

エルトヴァエルが指を振るうと再び光の粒子が舞い、デフォルメされた動物や植物の形が現れた。

それらは積極的に動き回り、「魔力」という文字を取り込んでいく。

「この荒れ地一帯には、その魔力が致命的に不足しているのです。ですから、動物はおろか草も生えることが出来ません。例外として、一部の魔力枯渇に強い雑草が生えている程度なわけです」

「はぁはぁ。なるほど。そういうわけですか」

赤鞘は改めて周りを見渡すと、納得したように頷いた。

確かに荒野に生えている草は、どれも同じ種類のように見える。

「魔力って言うと、ゲームぐらいでしか見なかったもんですよ。元の世界では」

感慨深げにつぶやく赤鞘に、エルトヴァエルは苦笑いを漏らした。

こんなことを言っている赤鞘だが、テレビゲーム自体は年に一度、神無月《かんなづき》に出雲《いずも》に行ったときぐらいしかやったことがなかったりする。

当然、インターネットなどといった文明の利器に触れるのも、出雲に行ったときだけだった。

まあ、それはともかくとして。

エルトヴァエルも知識として赤鞘の世界のゲームのことは知っていた。

仕える神と話を合わせるために、ある程度のことは調べておいたのだ。

今となっては人となりなども調べておけばよかったと後悔していた。

神というのは、過去を調べられるのを嫌うことが多い。

神話などを調べると分かるだろうが、大体何かしら失敗やドジ話があるからだ。

色恋のことから、酒に関わる失敗談まで、その方向性は多岐にわたる。

もし調べていたことが当の本神《ほんにん》に知られたらどうなるだろう。

うっかりご機嫌を損ねれば、夜空に打ち上げられて星座にされたりするのだ。

これから長く付き合うのだし、あえて危険を冒さずとも時間はたっぷりある。

段々分かっていけばいいだろう。

そう思っていたのだが。

怖がらずにきちんと調べればよかったかも知れない。

そんな風に思うエルトヴァエルだった。

「で、なんでここには魔力が無いんです？」

先に、魔力はどこにでもあると説明しているだけに、もっともな質問だろう。

エルトヴァエルは頷くと、再び口を開いた。

「約百年前、ここで大きな戦争が行われたんです。大地や大気中の魔力をすべて吸い上げて発動された破壊魔法によって、この辺り一帯は焼け野原になりました。そのせいで生態系は完全に破壊され、植物も根こそぎ消失しています」

エルトヴァエルがパンッと手を叩くと、爆発が起こったように光の粒子が飛び散った。

それに巻き込まれる形で、空中に浮いていた光の造形が次々と崩れて粒子へと戻っていく。

バラバラに散らばった粒子は、そのまま空気に溶け込むように消えていった。

「でも、魔力ってどこにでもあるものですよね？　他所から流れてきたりしないんですか？」

「はい。流入してきます。ですからそれを防ぐために、ここの周りには結界のようなものが敷いてあります」

エルトヴァエルの言葉に、赤鞘は首をかしげる。

「何でそんなことを？」

「魔力には厄介な特徴がありまして。普段はふわふわもこもこ空気中や地面を漂っていて、自然にどこかに固まるということは決してないんです」

エルトヴァエルが両手を勢いよく開くと、光の粒子が空中へと噴出するように飛び散った。

今度は先ほどよりも小さな「魔力」という文字が無数に形作られ、それらが一定の間隔をあけて漂っている。

「ですが、ある広さ以上の空間の魔力を枯渇状態にまで追い込むと、周りに存在する魔力が、その空間に一気に流れ込んで一箇所に超高密度で集まろうとするんです」

エルトヴァエルは無数の「魔力」という文字列の群れの中に手を入れると、そのひとつを指で弾《はじ》いた。

すると、その周囲にあったほかの「魔力」という文字が消滅し、ぽっかりと何も無い空間が出来上がる。

次の瞬間、周囲から一斉に「魔力」の文字がそこへと集中しはじめた。

文字が溢れるという分かりやすくもシュールな光景に、赤鞘は思わずといった様子でうめき声を上げる。

そんな赤鞘にも構わず、エルトヴァエルは説明を続けた。

「その勢いで一箇所に固まった魔力は、まるで重力を持ったように周りの魔力を引き寄せ、肥大化していくんです。ちょうど、ブラックホールのように。そうなったら、もう神様が介入して、固まった魔力を拡散させるまでどうにもなりません」

「なるほど……」

　空中に浮かび、次々と周囲の「魔力」を吸収していく大きな「魔力の塊」の文字を見て、赤鞘は納得したように頷き、顎に手を当てた。

　正直、そんなことを言いながらも、実は赤鞘は話が難しくてあまり内容が理解できていなかった。

　それはそうだ。

　一朝一夕ですぐに物事を理解できるほど理解力があるのならば、アンバレンスにあんな手紙は書かれないだろう。

　そこで、赤鞘はある違和感に眉をひそめた。

「ていうか、それ漢字ですよね？　私の世界のもので、この世界には無かったと思いましたけど」

「はい。勉強しました」

「勉強……ですか……」

「はい。一ヶ月もありましたので」

　さも当然というような様子で言うエルトヴァエルに、赤鞘は戦慄する。

　一応天界でエルトヴァエルは優秀だと聞かされていた赤鞘だったが、まさかそこまでとは思っていなかったのだ。

優秀な天使の手を煩わせることに罪悪感を感じる赤鞘だったが、とりあえずなんとか分かったことだけでも頭でまとめ、質問する。

「この辺りの魔力が枯渇してるってことは、今まさにブラックホール状態になっているんですよね？　そのブラックホールにほかの地域の魔力を持っていかれることを嫌って、結界を張っている、と」

「はい。結界の維持管理は天使が行っています。ですが、私達では魔力の塊にはとても手が出せません。やはり、神様方のお力をお借りするしか……」

表情を曇らせるエルトヴァエル。

「ええと、それで、そのブラックホールみたいになっている魔力の塊っていうのは、どこにあるんです？」

「はい。この真下辺りになります」

「へー？」

言われて、赤鞘は地面に顔を近づけ、目を凝らした。

はたから見るとかなり妙な光景だろう。

神である赤鞘の目には、地面を透かし、その奥にあるものを視《み》る力がある。

水の流れや、マグマの流れ。

地層や断層なども視ることができる。

そんな赤鞘の目に、巨大な球体のようなものが飛び込んできた。

強大なエネルギーの塊だ。

通常は不可視のものである魔力だが、神である赤鞘が「視よう」とすることにより、視覚化している。

光の粒子のようなものが集まり、ぐるぐると回転している球体。

圧倒的な何かを感じさせるそれに、赤鞘は見覚えがあった。

「これって、神力の一種ですよね？　創生とかに使うヤツ」

神の力には、様々な種類がある。

赤鞘の目には、エルトヴァエルの言う魔力が、その一つと同じものに見えたのだ。

不思議そうに首をかしげてたずねる赤鞘に、エルトヴァエルは苦笑を漏らす。

「はい。その通りです。母神様は、この世界の生物に本来、神々しか使うことのできない力を操る権限をお与えになられたんです。もちろん、制限を設けて、ですが。そして、世界を神力で満たし、それを使う術《すべ》をお与えになるのです。この力はいくら使っても消滅することがありません」

この力は、現象を起こすために使われた後でも消えることはない。

別の形へと変わった後、しばらくの時間をおいてまた元の姿へと変わっていくのだ。

「はぁー」

感心したようにため息をつくと、赤鞘はぽりぽりと額をかいた。

そして、地面の下にある魔力の塊を見つめながら、眉間に皺を寄せた。

「しかしまあ。面倒事ですね。魔力の管理とか何とか。大変なんじゃないですか？

実際私が呼ばれたのもコレが原因みたいですし」

「はい。その、なんといいますか。母神様は慈悲深い御方ですから。生き物達が少しでも栄えやすいようになさったんです。管理の大変さなどは度外視で」

笑顔で言うエルトヴァエルだが、若干表情が引きつっている。

赤鞘が何を言いたいのか、なんとなく見当がついたのだろう。

「創った後結局ほかの所に行かれたんでしたよね、たしか」

この世界を創った創造神である母神は、『海原と中原』を離れ、新しい世界の創造へ向かったという。

「はい、そうですね」

「そうでしたよね。あっはっは……」

いつの間にか赤鞘の顔にも、引きつったような笑いが貼り付いていた。

二人とも、心の中は大体同じようなものだった。

(厄介ごとだけ残して、自分は新天地へ遁走《とんそう》するのか)

たとえそう思っていても、怖くて口には絶対出せない。

そんな下っ端根性の染み付いた二人だった。

「とりあえず当面の目的としては、私がコレを拡散してこの辺り一帯を魔力で満たせばいいわけですね？」

「そうなりますね。そうすれば、放っておいてもある程度の動植物は戻ってきますから」

「あー。今は何にもいないんですもんねー」

そう言うと、赤鞘は改めて周りを見回した。

見事なまでの荒れ地に、禿《は》げ山。

川には水が流れているが、先ほどの説明を聞く限り魚などは泳いでいないのだろう。

生き物の気配がまったく感じられない光景を眺め、赤鞘はため息をついた。

「まあ、これからがんばって増やしていきましょうか」

赤鞘はゆっくりと立ち上がった。

神体である赤鞘の服に汚れが付くということはないのだが、習慣なのだろう、膝をぽんぽんと払う。

「とにかく、よろしくお願いしますね」

そう言って、赤鞘はエルトヴァエルに向かって手を差し出した。

その手を、きょとんとした顔で見つめるエルトヴァエル。

天使と握手しようとする神など、エルトヴァエルの常識では考えられないからだ。

差し出された手の意味に気が付き、慌ててそれを握る。

赤鞘はにっこりと満面の笑みを浮かべた。

「よろしくお願いします、エルトヴァエルさん」

「は、はい！　こちらこそ、その、よろしくお願いします！」

赤鞘はエルトヴァエルの手を両手で摑《つか》み、ぶんぶんと上下に振り回す。


死の荒野と呼ばれる場所で、神と天使が握手をかわす。

神にも見放された死地とされるその場所は、「人間の愚行を憂いた神が、その愚かさを忘れさせないために残した土地」とも言われているらしい。

そんな誰からも見放されたとされるその場所で、元の世界では忘れられ、この世界では、まだ誰一人として知るもののいない神が笑う。

祀る人も、社も無いその土地で、ただ一柱。

赤鞘は底抜けに明るく、楽しげに笑う。

まだ見ぬ、これからこの土地に息づくであろう命を思いながら。

第四章　復活への第一歩

赤鞘は地面に座り込み、まるで鍋でも混ぜているかのような動作で鞘を動かす。

何も無い中空で真っ赤な鞘を回すその姿は、とても奇妙だ。

赤鞘がコレをはじめて、かれこれ三日ほどが経っていた。

不眠不休での作業だったが、神様なので別に肉体的な疲労はない。

もっとも、元人間である赤鞘の精神は、ほかの神と違って疲れやすく出来ている。

体は疲れていなくても、心は非常に疲れているのだ。

「あー。もうイヤだ。せめてお茶とか持ってくればよかった。ああいうのあるだけで大分こう、心にゆとりが出来るんですよね」

ぶつぶつと一人で愚痴り続ける赤鞘。

心なしか目の下に隈《くま》とかが出来ている気がするが、肉体的には疲れていないので、恐らくそう見えているだけだろう。

精神というモノは、見た目にも影響を及ぼすものらしい。

赤鞘が行っている作業。

それは、依り代であり神器である「鞘」を使って、地下にある魔力の塊を散らすというモノだった。

力のある神であれば奇跡一発でどうにでもなるのだろうが、いかんせん赤鞘は妖怪に毛の生えた程度の力しかない。

地道な努力で何とかするしかないのだ。

一応、これと比べ物にならないほど小さなモノではあるが、日本にいた頃にも似たようなことをした経験はあった。

それなりに力を持った妖《あやかし》が、赤鞘が治める村を害そうと手を出してきた時のことだ。

妖自体は何とか撃退することができたのだが、それが呪《しゅ》を残していったのである。

土地の奥底に凝り固まった呪は、除去するのが難しかった。

一気に取り去ることができず、結局、時間をかけて少しずつ削るように拡散消滅させたのだ。

その時と状況は違うが、赤鞘がするべきことはあまり変わらない。

まずは、鞘の力場を延ばし、魔力の塊の端っこを摑む。

きちんと摑めたのを確認したら、あとは鞘で鍋をかき回す要領で魔力の塊を回転させていく。

いきなりぶん回すほど赤鞘には力が無いので、最初はゆっくりと影響を与えていくことになる。

一度動き出してしまえば抵抗無く回転しはじめるのだが、いかんせん大きいので、なかなか思うように回転速度は上がらない。

何日も何日も、休まず地道に努力と根性を傾けて、ようやく目標速度まであと少し、といったところだろうか。

魔力の塊が勢いを増し、回転数が上がってきたら、いよいよ本番である。

赤鞘の神器のひとつである「刀」を押し付け、一気に削るのだ。

その方法は、カキ氷や、大根のカツラ剥《む》きに近い。

削り取られた魔力は、遠心力で遠くへ散っていくことになる。

放っておけばまた魔力の塊に吸収されることになるのだろうが、集まってくる前に塊を削りきってしまえば集まりようがない。

もともとが一箇所に集まらない性質のものなのだ。

うまく散らせさえすれば、もうこんなことは起こらないだろう。

成功すれば、いよいよ赤鞘が治めるこの土地が生物の住める環境になるわけだ。

そんな中、赤鞘の心的疲労と苛立《いらだ》ちはピークに達していた。

人間というのは不思議なもので、辛《つら》くてやりたくないことは、八割がた終わりに差し掛かったときが一番辛く感じるのだという。

元人間である赤鞘にも同じことが言えるらしい。

帰りたい。

疲れた。

アイス食いたい。

暑い。

昼寝したい。

そんな不満がぼろぼろと口から漏れ出す。

人に見られたら一瞬で信者がゼロになりそうな光景だが、今は周囲十数キロ内に知的生命体が存在していないので問題ないだろう。

この殺風景な光景を延々見ているというのも、精神衛生上よろしくないのかもしれない。

何せ周りには木一本、草もせいぜいぺんぺん草モドキが数本しか生えていない有様なのだ。

「やっぱり緑色が無いっていうのがいけないいんですかね。緑はリラックスの色ってテレビでもやってましたし」

憂鬱になるだけと分かっていながらも、ぐるりと辺りを見回す赤鞘。

もちろん、植物の緑など望むべくもない。

かわりに目に入ったのは、上空に動く白いものだった。

「鳥？　な、わけないですよね」

よく目を凝らせば、その正体はすぐに分かった。

大きな白い翼を広げた、天使エルトヴァエルだ。


手に持ったカゴを落とさないように気を付けながら、エルトヴァエルは慎重に羽を動かしていた。

カゴの中には、赤鞘から集めてくるようにと頼まれたモノが入っている。

植物の球根や種。

そして、いくつかの鉢植えだ。

今現在、赤鞘の土地には生物らしい生物はほとんど存在していない。

魔力が戻れば、いずれ周りから徐々に動植物が入ってくるだろう。

しかし、それを指を咥《くわ》えて待っているのはあまりに惜しい。

せっかく何もない土地が目の前にあるのだ。

少しは自分の手を入れてみたい。

そう、赤鞘は考えた。

周りの環境を破壊しない範囲で、好きな植物や動物を周りから持ってこよう。

そんなことを、赤鞘は考えていたのだ。

とはいえ、この辺りにどんな植物や動物がいるかを赤鞘はまったく知らなかった。

天界で勉強したはずだったのだが、書を開いただけで寝てしまう体質の赤鞘の頭にはまったく情報が入っていなかった。

知らなければ、環境を壊さないだろう植物を持ってくることなど出来ない。

そこで役に立ったのが、エルトヴァエルの知識だった。

天使仲間の間でも情報収集オタクとして有名な彼女は、周囲一帯ほぼすべての動植物について把握していた。

そんな彼女にかかれば、赤鞘の要望を叶える植物を割り出すなど簡単なことだろう。

赤鞘が望んだのは、家を建てるのに適しそうな大きな木。

そして、食用に適した育てやすい穀物だ。

この世界にも知的生命体は存在しているということだったので、今のうちからそういうものを用意して悪いことはないだろう。

そう、赤鞘は判断したのだ。

ついでに、今のうちから大きい木を育てておけばご神木となって、将来少しは自分の待遇も良くなるのではないかという打算もあったりした。

媚《こ》びへつらわれるよりも、どっちかというと信者に媚びへつらっていく。

赤鞘はそんな腰の低い神なのである。

ところが、赤鞘の低い志を、エルトヴァエルは大きく勘違いをして受け取った。

赤鞘が考えている家を建てるのに適した木というのは、単純に大きく立派な木のことを指す。

しかし、天使などの神様に近い人（？）達の間で、立派な木とはイコール神木のことである。

エルトヴァエルは、「自分は将来神木となるであろう木の選定を任された」と解釈したのだ。

周囲で最も大きく、丈夫に育つ木を選び出し、種のほかに、苗も鉢植えにして確保した。

念のために、ほかの候補に挙がった木の種も収集してある。

コレだけ用意すれば大丈夫だろう、と、彼女が納得する頃には、その総重量は十数キロになっていた。

もちろん、集めたのは木だけではない。

収集した穀物種の総量も数種類、十数キロになっていた。

何せモノは神が信者達に与える穀物だ。

半端な物であってはいけないと、念には念を入れて選び出した。

赤鞘のイメージとしては、「人が農業とかで生計立てられるまえに、食いつなぐための物があったほうがいいよね」ぐらいの物だった。

だが、エルトヴァエルは「神が信者達に与える最初の植物」とか、そのぐらいの重さで受け止めていた。

そんな重要なモノに、手を抜く天使は存在しない。

結果、エルトヴァエルのカゴは、総重量三十数キロになっていた。

天使の中でも飛行能力に秀でた彼女にとってみれば、決して持って飛べない重さではないが、荷物を落とさないように上下動がなるべく少なくなるよう細心の注意を払って翼を動かす。

静かに、水平に飛ぶのは、エルトヴァエルの得意とするところだ。

目的地である赤鞘がいる場所の上空へと差し掛かる。

地面へ腰を下ろし、鞘を回す赤鞘を発見し、エルトヴァエルはほっと胸をなでおろした。

簡単なお使いとはいえ、仕える神に仰せつかった初めての仕事だ。

もう少しで無事に終えられるとなれば、安心もするだろう。

植物を集め、それを運ぶ空の旅は、ここまで何の問題もなく進んでいた。

そう。

ここまでは。

エルトヴァエルは諜報《ちょうほう》活動や情報収集を得意とする天使であり、飛行を得意とする天使の中でも特に航続可能距離と隠密性を売りにしていた。

飛び続けることにかけては超一流の彼女だったが、飛行に関してひとつだけ苦手としていることがあった。

着地である。

その苦手っぷりは、空を飛ぶものとしての資質を疑われるレベルだ。

どのぐらいかといえば、荷物を気にするあまり地面との距離感を見誤り、顔面から着地する羽目になったことがあるほどであった。

とはいえ、彼女も自分が苦手としているモノはきちんと分かっていて、二度とそんなことが起こらないように注意もしていた。

が。

今日彼女が感じているプレッシャーは、彼女の天使生活の中でも最大級のものだったらしい。

そう。

丁度、自分が着地を苦手としているという事実を見失わせるほどに。

荷物を持って空を飛ぶエルトヴァエルを眺めながら、赤鞘は手に持った鞘を動かす。

エルトヴァエルを気にしてか、垂れ流しになっていた愚痴も今は止まっている。

待ちに待ったエルトヴァエルの到着に、表情を緩ませる赤鞘。

やはり、話し相手がいるというのはありがたいものなのだ。

エルトヴァエルが赤鞘のほうへ近づいてくるにしたがって、段々とその姿が大きくなってくる。

手にぶら下げている大きなカゴも視認できるようになったところで、ふと、赤鞘は妙な違和感を覚えた。

「なんか。降下角度急すぎないか？」

天使というのは、鳥と違って飛ぶために特化した形状をしていない。

人間に無理やり翼を付けて、神の奇跡的な力の補助を受けて空を飛んでいることがほとんどだ。

急激な下降や上昇は、そういった力の消費が著しく激しくなる。

上昇するときは揚力を生まねばならないし、下降するときはそのまま地面にぶつからないように制動をかけねばならない。

長距離を飛んだ後だったので、急降下に耐えるだけの力が残っていませんでした。

というのは、実はちょくちょくある話だったりする。

とはいえ、そういうのは見習い天使や飛行が苦手な天使の失敗だ。

飛行が得意だと豪語していたエルトヴァエルに限って、落下速度を制御しきれなかった、などという失敗はないだろう。

赤鞘はそう考えながらも、どこか不安げに彼女が空を飛ぶ姿を見上げる。

そう、赤鞘はエルトヴァエルが着地を苦手としていることを知らないのだ。

「あんな角度と落下速度で入ってくるって。やっぱり自信があるのかな。飛行」

そんなことをつぶやく赤鞘。

そうこう考えているうちに、どんどんエルトヴァエルは赤鞘へと近づいてくる。

「……これって危ないんじゃ……」

段々と心配になってくる赤鞘。

手の動きは止めないものの、いつの間にか立ち上がってエルトヴァエルのほうを見ていた。

そんな赤鞘の耳に、妙な音が聞こえてきた。

最初は勘違いかと思うほど小さく微かだったそれは、段々とはっきり聞き取れるほどになっていく。

音の正体は、声だった。

より正確に言えば、悲鳴だ。

「いやぁぁぁぁあああ!!　止まれません!!　思ったよりも疲れてっ！　減速がっ！き、きききかなっ……！」

「え？」

赤鞘の表情が凍りついた。

普通の声であれば、風圧やらなにやらに負けて聞こえないだろう。

だが、神やそれに類するものは、「一定の範囲内にいさえすれば声が届く」という特殊な力を持っているものもいる。

神託や予言などに使われる、かなり一般的な力のひとつだ。

恐らくエルトヴァエルはそれを使っているのだろう。

あるいは、混乱して勝手に発動しているのかもしれない。

どうしよう。

そんな言葉が赤鞘の頭の中を駆け巡る。

大きく翼を広げて減速しようと試みるエルトヴァエル。

だが、無駄な抵抗だった。

手に持ったカゴだけでもなんとか庇《かば》おうとしたのだろう。

両手を上げ頭上にカゴを掲げたまま、顔面から地面へと激突していった。

それでも翼を大きく広げたためか、落下速度は幾分か弱まっている。

だが、翼を広げたせいで、前へと進もうとする力が発生していた。

前へ前へと進もうとする力は、落下の衝撃だけでは殺しきれない。

つまり、顔面を地面に擦り付けるようにして滑っていったのだ。

すさまじい音と土煙を上げて、顔面で地面を滑りぬけていくエルトヴァエル。

赤鞘の横、数メートルの位置を通り抜け、それでもまだ止まらず地面を削りながら滑っていく。

すれ違いざま、赤鞘の耳にはある言葉が届いていた。

「たすけて！」

だが、あまりの一瞬の出来事に、赤鞘はまったくリアクションが出来なかった。

数十メートルほど進んだところで、ようやく勢いが止まって地面に転がるエルトヴァエル。

しかし、土煙の中から現れたエルトヴァエルの両手は高く頭上に掲げられ、植物の入ったカゴを持ち上げていた。

地面をえぐるほどの落下衝撃の中、彼女はそれを守りぬいたのだ。

赤鞘は眉間に皺を寄せて、口が半開きになったまま凍りついていた。

あまりの出来事に、思考が停止してしまったのだ。

それでも、鞘を動かす手が止まっていなかったのは、さすが神様といったところだろうか。

そういう意味では、カゴを守り通したエルトヴァエルも、さすが天使、なのかもしれないが。

地面に突き立てた刀の近くで、赤鞘は両手で持った鞘をひたすら回し続ける。

事情を知らない人間が見たら、今の赤鞘の姿はさぞ奇妙なモノだろう。

事情を知っているエルトヴァエルの目から見ても奇妙なのだから。

「本当に大丈夫なんですか？　主に顔とか」

「大丈夫です、本当に。一応天使ですから。体は頑丈に出来てます」

心配そうにたずねる赤鞘に、エルトヴァエルは慌てたように首をぶんぶん振って答えた。

「それに、種は無事でしたし」

にっこりと笑い、赤鞘に集めてくるよう頼まれた物が入ったカゴを指差すエルトヴァエル。

あれほどの落下事故でも、カゴの中身は無傷だった。

周りに魔力が無い環境でも、内部の物を守る特殊な構造のカゴだったことも幸いしたのだろう。

とはいえ、エルトヴァエルの技量もあったことは間違いない。

もっとも落下しなければそんな技量も要らないわけだが。

エルトヴァエルの言葉に、赤鞘は苦笑いを浮かべる。

「いえ、種が無事だったのはいいんですが。エルトヴァエルさんが心配なんですよ」

「はい。ありがとうございます」

エルトヴァエルも苦笑を浮かべ、申し訳なさそうに頭を下げた。


この世界で、天使を気遣う神は珍しい。

いや、気遣える感覚を持てる神が珍しいといったほうがいいだろう。

木や植物、場合によってはお釜や自転車なんかが神になることもある赤鞘の世界と違い、この世界の神は母神から生まれ出たモノばかりだ。

そういった神々は、下々である天使や人間のことを心底心配することはない。

神々からすれば、天使も人も動物も、等しく儚《はかな》く脆《もろ》い存在。

あまりに弱すぎる相手の心情などは、想像しようにも出来ないのだ。

死ぬことも老いることも消滅することもない絶対の存在からすれば、そういったものの達の恐怖や痛みを知る術など元からない。

擬似的に経験することは出来ても、それは本当の恐怖や痛みとは似て非なるものだ。

そんな世界で天使として神の下で働くエルトヴァエルにとって、神からのねぎらいや心配する言葉は、絶対的上位者からの哀れみに等しい。

赤鞘のように、同じ立場に立って心底心配されることは今まで一度もなかった。

それが悪いとかではなく、当たり前のことだった。

神とは、そういう存在なのだから。

にもかかわらず、赤鞘はどうだろう。

彼にとって痛みとは身近なものだ。

自分が人間だった時代に味わった痛みや苦しみを覚えている。

なにより、もともと人間であるところの彼は、この世界の神と違い消滅する恐れを抱えている。

事実、元の世界ではアンバレンスが来なければ、あと数年でその存在は無に帰っていただろう。

そんな赤鞘からすれば、自分も少し前に味わったような墜落事故の苦痛は推し量れる物であり、エルトヴァエルの痛みは心底心配するものでもある。

それと同じようなもので、神からそんな思いを向けられたことがないエルトヴァエルにとって、赤鞘の心配はなんだかむず痒《がゆ》いものだった。

エルトヴァエルは、神から初めて向けられる心遣いに、戸惑っていたのだ。

「魔力の拡散、上手くいっていますね」

話をそらすように、エルトヴァエルは地面を覗き込んだ。

神力を使い、地殻を透かして見る。

すると、大地の下に隠れていた魔力の塊に、赤鞘の神刀の刃が当てられているのが分かった。

高速で回転する大根に、包丁を押し当てたような状態といえば分かりやすいだろうか。まるで自動カツラ剥き器のような勢いで、塊から切り離された魔力が四方八方に吹き飛んでいく。

「ええ。ぼちぼちってところですがね」

言いながら、赤鞘も地面の下にある魔力を覗き込む。

元の半分程度の大きさに縮んでいる魔力の塊を見て、赤鞘は満足そうに頷いた。もう少し小さくなりさえすれば、あとは放っておいても自然に拡散するはずだ。

「コレが終われば、いよいよ動植物の出番ですね」

「ですねぇ。今まで何にもいませんでしたから。賑《にぎ》やかになるといいんですけど」

田んぼや畑が豊かにひろがる田舎で神様をやっていた赤鞘としては、早く知的生命体にやってきてほしいところだ。

もともと彼は、豊作と繁栄を司る神様なのだから。

「魔力の拡散さえ終われば、この地域の周りに張られた結界の撤去も頼めますし。持ってきた植物の植え付けも出来ますね」

エルトヴァエルの言葉に、赤鞘は「ん？」と眉を寄せた。

「そういえばここの周りって結界が張ってあるんですよね？　周りの魔力を吸い寄せたり、間違って生物が入ってきて魔力が枯渇しないように」

「はい。強力なのがぐるりとこの土地を取り巻いています」

「それって誰が外すんですかね？」

結界というからには、誰かが張って誰かが取り除かねばならないだろう。

この地域一帯といったが、その範囲は決して狭くはない。

赤鞘が見渡す限り、ほとんどが荒れ地だ。

そんな結界を張るのも取り除くのも、並の力では不可能だろう。

少なくとも赤鞘には絶対に無理だ。

「アンバレンス様になるかと思います。結界を張ったのがあの御方ですから」

「へー。あの人がそんなすごいことを。何かイメージと合わない気がしますねぇ」

太陽神アンバレンス。

この世界における最高神ではあるが、赤鞘の中でのイメージとしては「母神に世界を押し付けられて過労死寸前の神」だ。

決して、「すごい神様」ではない。

「じゃあ、とりあえず魔力の拡散が終わったら電話かけてみますか」

何げなく発せられた赤鞘の言葉に、エルトヴァエルの顔が曇った。

「で、電話ですか？」

赤鞘の世界を下調べてしていたエルトヴァエルには、電話の知識もあった。

電話というのは赤鞘のいた世界の科学の粋《すい》のひとつで、決して剣と魔法の世界である『海原と中原』にあるようなものではないはずだ。

「ええ。なんかケータイって便利だなーっていう話から、再現したらしいんですよ、アンバレンスさんが。天使の皆さんにもそのうち支給するって言ってましたよ？」

「しかもケータイ⁉」

据え置き型をすっ飛ばしていきなりケータイっぽいものを作ったらしい。

一応腐っても最高神であるアンバレンスの力をもってすれば、それっぽい機能を持ったそれっぽいものを創造することなど簡単だったということか。

「私としてはやっぱりじーこじーこって丸いダイヤルを回すやつが好きなんですが。スマホなんですよね」

そう言って赤鞘が懐から取り出したのは、今流行《はや》りのスマートフォンタイプのケータイだった。

きらりと光る金属のフレームに、ほとんど全面かと思われるほどの大画面。

「まあ、コレが終わったら連絡しますよ」

赤鞘は改めて地面の下にある魔力の塊を覗き込んだ。

ふと、その顔が訝《いぶか》しげに歪《ゆが》む。

それまで球形だった魔力の塊の輪郭が、歪みはじめたのだ。

「あ、きましたかね？」

前かがみになって覗き込む赤鞘に、エルトヴァエルも慌てたように塊へと目を向けた。

ろう。

巨大な光の塊。

もしも人間の目にそれが見えるのであれば、まるで七色に輝く太陽のようだっただろう。

世界を形作る神が、神として持つ力のひとつ。

『海原と中原』において「魔力」と呼ばれる力の塊は、まるで砂の玉が水中でほぐれるように溶けていった。

空気中へと拡散した小さな光の粒子は、そのままぽつぽつと輝きを失って消えていく。

それまで確かな存在感を放っていた、巨大な光の塊は、そうして一欠片《かけら》の残滓《ざんし》も残さず散らばって消えた。


ため息をひとつ吐き出し、赤鞘は全身を伸ばすように思い切り息を吸い込んだ。

元の世界では感じたことのない、力のようなものが空気中に満ちているのを感じる。

神に祝福された、というのはこういうことを言うのだろうか。

創造神が被造物に使うことを許したという力を感じながら、赤鞘はふらりと立ち上がる。

改めて周りを見回すが、相変わらずの荒れた土地が広がるばかりだ。

それでも、この土地は復活への大きな一歩を確かに踏み出している。

目には見えなくとも。

「あ。そういえば、魔力がない場所なのに種とか苗、大丈夫だったんですか？」

突然話を振られ、エルトヴァエルは「はい!?」とひっくり返った声を上げる。

「ああ、大丈夫です。このカゴはその、私が内部を守る結界を張っていますから」

「そうなんですか！　なんか私には出来そうにないことですねー」

実際、赤鞘は結界を張ったりするのは得意ではない。

というか今までやったことがなかった。

感心したように頷きながら、赤鞘は楽しそうに笑う。

「さて、じゃあ、早速アンバレンスさんに電話しましょうか。来るのを待つ間に、木や草の植え付けでもしましょう」

本当に、心の底から楽しそうな笑顔になる赤鞘。

「はい」

そんな彼に、エルトヴァエルは短く答え頷く。

繁栄と豊作を司る赤鞘にとってみれば、植物の育成を手助けするのはいわば本職だ。

ここに来てようやく、自分の得意な仕事ができる。

それになにより、赤鞘は「繁栄と豊作」の加護を与えるという仕事が好きだった。

人が喜ぶのを見ると、自分も幸せになる。

生前から、赤鞘はそういう類《たぐい》の人間だった。

もちろんそれは、神になった今でも変わらない。

「さぁ。忙しくなるといいですねぇ」

楽しそうに笑いながら、赤鞘は土を払うように袴をはたいた。

異世界での生活、その第一歩を踏み出した。

そんな思いが、赤鞘の胸に満ちる。

いつか来るだろう住民達の笑顔を楽しみにしながら、赤鞘は新たな仕事に取りかかった。

今はまだ荒れ地でしかないこの土地もいつか草木が芽生えるだろう。木々が生い茂り、その頃にはきっと住民もやって来るはずだ。

人々の営みが始まる。そんな様子を、近くで見ていたい。

小さな社にでも祀ってもらえたならうれしい。

緑が多くなった土地の小高い丘。

天辺《てっぺん》に続く道があって、鳥居が立っている。

道の脇に御神木があって、その奥に、小さな。本当に小さな社が、ぽつんと建っている。

赤鞘はその御神木の脇にでも座って、村を、そこに暮らす人々の姿を眺めるのだ。

そんな未来を思い描き、赤鞘は思わず苦笑を漏らした。

あまりにも贅沢《ぜいたく》すぎる願いのように思われたからだ。

少なくとも、未来のこの土地にやって来るであろう住民達が、笑顔で暮らせる場所にはしたい。いや、しなければならない。

今はまだ荒涼とした土地を眺め、赤鞘はそんな風に思うのだった。

第五章 罪人の森

太陽神アンバレンスは机の上に置かれた薄型モニタを睨みながら、手元の電卓とキーボードをひっきりなしに叩いていた。

時折思い立ったように顔を上げては、「あ、悪い。ここの資料なんだけど、まとめといてもらえる？　今送るから。明日の会議用にこう、冊子的なアレに」と、事務的なことを近くにいる部下に伝える。

一見するとどこにでもある職場風景のようではあるが、そうではない。

モニタに並ぶグラフや羅列している文字は人間の使っているものではなく、神字などと呼ばれ、神とそれに類するもののみが使うものだ。

人間がまともに目にすると正気を失うとされているが、実際にはそんなことは起こらない。

せいぜい何が書いてあるか分からない程度だろう。

そんなものを扱っているこの場所は、異世界『海原と中原』の太陽神アンバレンスの執務室だ。

神の執務室、といえば荘厳なものをイメージしがちだが、ここに限って言えばそういった雰囲気は皆無だった。

働いているのは、動きやすそうなローブや鎧《よろい》など、思い思いの格好をした天使達。

そして、一番奥のデスクで唸《うな》っているのは、アンバレンスだ。

報告に来た悪魔から受け取った資料を見ながら、アンバレンスは深いため息をついた。

神の仕事場に悪魔がいるのは不自然かもしれないが、『海原と中原』においてはおかしいことではない。

この世界において悪魔とは、欲望に際限がない人間に近づき、そそこの悪事を働かせて、その欲望を満足させることを仕事とする天使を指す。

ようするに、そういう仕事を担当している天使のことであって、天使も悪魔も実質同じものなのだ。

もちろん、人間はそんな事実を知らない。

悪魔とは、人間を堕落させ、魂を貶《おとし》める存在ということになっている。

実際は、連続殺人犯にドジを踏ませて捕まえさせたり。

ばれないように暴利を貪っていた役人の欲を刺激して、ぼろを出させたり。

そんなもの、神々の威光の下に粛清してしまえばいい。

そう思うかもしれない。

だが、人間の罪は人間が裁くべきだ。この世界の神々はそう考えている。

そんな悪魔の一人の報告に、アンバレンスは頭を抱えていた。

「奴隷とか人買いとかさ。意味わかんないんだけども－」

もちろん、意味は分かっている。

彼が言いたいのは、そういうことをする人間の心理が理解できないということだ。

「私もずいぶん人間の悪さを見てきましたが。慣れるものじゃないですねぇ」

そう言うと、ベテラン悪魔である「狼頭《ろうとう》のグルゼデバル」は肩をすくめた。

五柱いるという大悪魔の一柱という触れ込みの彼であるが、もともとは狼《おおかみ》や犬系の動物の繁栄などを手伝っていた天使である。

家族愛や仲間意識などを司っていた彼が、今では人間の野性を引き出して堕落させているというのは、痛烈な皮肉かもしれない。

グルゼデバルが持ってきた資料の内容には、前々から迫害されていた亜人の一種が、猛烈な勢いで狩られていると書かれていた。

何でも、王侯貴族の間でその亜人をペットにするのが流行っているらしい。

もともと弱く数も少ないこの種族は、狩人《かりゅうど》や商人に追われ、今では流浪の民となっているそうだ。

森や山の中などに隠れ住みながら、転々と移動を続けているのだという。

「絶滅させるつもりかってーの。もー！」

頭を抱えるアンバレンス。

ちなみに、グルゼデバルも眉間に皺を寄せて唸り声を上げた。

ちなみに、グルゼデバルの外見は背中に羽と頭に輪っかの天使スタイルだ。

「まあ、私達としては種族間で争うこと自体にどうこうっていうのはないんですよね、それは生存競争ですから。ただその理由が愛玩用っていうのはまたなんともですよね」

「それが法に触れてないっていうのがまたね」

「すでに奴隷制度はありますからねぇ。あれはいいこれはだめって。人間の倫理観は理解不能ですわ」

人間以外の種族が多い国でも、奴隷制度は根強く息づいている。

奴隷制度を禁止している倫理観が高いといわれる国でも、「ゴブリンやオークは亜人種ではない」とか言われて売買されていたりする。

アンバレンスのような高位神から見れば、人間もゴブリンも大してかわりはしないのだが。

人の欲に絡んだことではあるが、人間では解決できず、かといって天使や悪魔が首を突っ込むようなことでもない。

だがそのまま放置してもいいのかと言われれば首をかしげる。

判断に困るケースだ。

アンバレンスは少しの間唸ると、首を振りながらため息を吐き出した。

「まあ、あれだ。もう、とりあえず様子見で。どうするかちょっと考えるわ」

何か対策は考えるが、今は思いつかないからとりあえずそのままで。

適当とも取れる指示だが、仕方がないとも言える。

アンバレンスにはほかにもやるべき仕事が山のようにあるのだ。

なにしろ、多くの神が一度に抜けたせいで、世界が不安定になっている。星の自転も狂いそうだし、潮の満ち引きもズレてきていたり、月の位置なんかもおかしくなってきていた。そういった規模の大きな変事に対応できるのは、現状アンバレンスしかいない。

「じゃあ、とりあえず件の種族の監視と、奴隷関係の情報だけでも集めておきます」

「おねがいねー。あ、あと、その子達が逃げるの、それとなーく手伝ってあげてもいいから」

天使や悪魔の手助けには、神のGOサインが必要不可欠だ。

グルゼデバルは安堵したような笑顔を見せる。

「はい。ここから先は一人も捕まえさせません」

「あんまし張り切らないでよ？　妙に勘ぐられても面倒だから」

難民の保護に意欲を燃やすベテラン悪魔の背中を見送り、苦笑いを浮かべるアンバレンスだった。

改めて書類を覗き込もうとしたアンバレンスだったが、その手がぴたりと止まった。

胸の辺りから鳴る軽快な音に気が付いたからだ。

スマートフォンから流れる着信音だと判断するのに、数秒かかった。

まだ持ちなれていないからだろう。

手早く通話状態にすると、顔にそれを押し付ける。

「もしもしー。アンバレンスです」

『あ、お世話になってます。赤鞘です』

聞こえてきたのは、何日か前に天界を出た赤鞘の声だった。


夜の森。

それは暗く、危険な場所だ。

好き好んで入るモノは、ほとんどいないだろう。

まして彼らのように、怪我人《けが》や女子供を連れてなどというのは、まずもってありえない。

自殺をしたいというのであれば話は別だが。

そんなことは承知の上で、それでも彼らは夜の森にいた。

怪我人と、年寄りと、女と、子供を連れて。

総勢四十名ほどの集団ではあるが、半数以上がそういった「足手まとい」だった。

とはいえ、それだけ人数がいれば、ある程度安全が確保できるのではないか。

そう思うモノもいるだろう。

だが、現実はそうではない。

弱いモノを庇う集団など、それを狩る側から見ればただの餌だ。

人数が多い分、物音などが大きくなり、捕食者を呼び寄せることになる。

まして、彼らの中には怪我人までいる。

流れる血の匂いが、どんなモノを呼ぶか分からない。

それを承知の上でも、彼らは「足手まとい」を連れて森の中にいた。

そうしなければいけない事情を、抱えていたからだ。

「よし、コレだけ大きな火になれば、多少湿った木でも燃えるだろう」

「だな。ひとまず、コレで獣は寄ってこないだろう」

周りのモノに聞こえるようにわざと大きめに言葉をかわし、青年はその日初めて腰を下ろした。

ようやく全員が当たることが出来る焚《た》き火を、用意できたからだ。

みんなと一緒に森に入ってからは、気の休まる暇もなく逃げ回っていた。

戦士でも、狩人でもない彼らが夜の森にとどまるなど、正気の沙汰とはいえない。

だが、そうしなければならなかった。


この世界には、複数の知的生命体が存在している。

最も多いのが、人間。

ほかには、エルフ、ホビット、ドワーフといった種族。

知能指数が高く、社会生活を営むゴブリン、コボルトなどもいた。

ほとんどの種族が国などを作り、一勢力を築き上げている。

だが、中には全体でようやく小さな村を作る程度しか数がいない、少数種族と呼ばれるモノ達も存在する。

彼ら「アグニー」も、そんな少数種族のひとつだった。

アグニーは、ほかの種族に比べて身体能力が非常に低い。

大人になっても百二十センチを越えない身長や、華奢《きゃしゃ》な体格が原因だろう。

外見は人間やエルフの幼い子供のようで、ある程度成長すると外見年齢は一生変わらない。

人間の外見年齢で言えば、七〜十一歳程度のままで一生を過ごすのだ。

見た目はとても美しく、他種族から見ればまるで人形のようだと称される。

美しいことで知られるエルフと比べても、なんら遜色がない。
肉体的に非力な知的生命体は、往々にして魔力の扱いに優れていることが多い。
アグニーもそういった特長があるのかといえば、そうではない。
魔力こそすべての個体が扱えるものの、その能力は決して高くない。
せいぜいが自身の身体能力を底上げする程度だ。
とはいえ、もともとが外見通りの子供ほどの力しかない。
魔力で底上げして、やっと人間の男の大人程度だ。

見た目が美しく、非力。
そんな種族を、ほかの種族が放っておくはずがない。
アグニーは観賞用や愛玩用として、狩猟の対象にされた。
アンバレンスとグルゼデバルが話していた種族とは、彼らアグニーのことだった。

アグニーはもともと、草原に小さな集落を作って暮らしていた。
全体でおおよそ三百名ほどが暮らすそこは、アグニー唯一の集落だった。
旅に出ているモノや、遠くに一人で暮らすモノ。
そういった変わり者を除いて、すべてのアグニーがそこに暮らしていた。
彼らアグニーは、争いごとを嫌う。

平和に暮らしていた彼ら集落に、悲劇が訪れる。

エルフが襲撃をかけてきたのだ。

争いを嫌い、肉体的にも魔力の扱いでも劣る彼らアグニーに、抵抗する術などなかった。

里を捨て、命からがら逃げ出すのが精一杯だった。

本来森に住むはずの彼らエルフが、草原の、それも他種族を襲い、捕まえようとするなど前代未聞である。

エルフがなぜ自分達を襲ったのか、アグニーには分からなかった。

彼らは奴隷を好まないはずだし、何より他種族を嫌う。

訳も分からないまま逃げ出して、やっとの思いでエルフ達から逃れたときには、アグニーの人数は半分ほどになっていた。

集団で行動することを得意とする彼らだからこそ、それだけの被害で済んだともいえる。

だが、その後再び悲劇が彼らを襲う。

まず、エルフが欲しがる種族ということで、エルフと交流を持ちたがっていたモノ達がアグニーに目をつけた。

次に、珍しい物を欲しがる王や貴族。

それらに高値で売ろうとする奴隷商人。

荒事を得意とする冒険者。

様々なモノが、様々な思惑でアグニーを追いはじめた。

そうなってしまったら、もうあとはどうしようもなかった。

草原から山へ、森へと逃げ続け、それでも何人もの仲間が捕まった。

そして気が付けば、今の有様だ。

女子供がまず目をつけられ、それを庇った男達も捕まった。

怪我人や老人を逃がそうと手を貸したモノ達も、みんな一緒くたにされて捕まってしまった。

今ここに残っているモノは、本当に運よく逃げ切れたモノ達だけだ。

逃げて逃げて、追われ追われ、必死の思いでやっと逃げ込んだ先が、この森だったのだ。

森は本来エルフの領域であり、避けるべき場所だ。

だが、この森は特別だった。

約百年ほど前、港として栄えている街があった。

そこが大きな戦争の際、戦火に巻き込まれ、とてつもない量の魔力を消費する大魔法が使われた。

辺りの魔力は一気に枯渇し、さらに周囲から魔力が流れ込んだ。

そして、ある現象が起きた。

突然、魔力が一箇所に凝縮しはじめたのだ。

大魔法で焼き払われた場所はおろか、周囲数十キロを巻き込む魔力枯渇。

戦争をしていた人間達は言うに及ばず、動物、植物、魚や鳥にいたるまで、ありとあらゆる生物が死滅していった。

もし太陽神アンバレンスが結界を張らなければ、今頃もっと恐ろしいことになっていたのだという。

魔力が枯渇し、太陽神が侵入を禁止したそこは、いつからか『見放された土地』と呼ばれている。


今、アグニー達がいるこの森はその『見放された土地』を取り囲む、『罪人の森』と呼ばれる場所なのだ。

曰《いわ》く、「その森に入ったモノは呪われる」だの、「魔力枯渇で苦しんで死んでいったモノ達の死霊が未だに彷徨《さまよ》っている」だの。

まともなモノならば決して立ち入らない場所であった。

土地を欲しがる国も、後ろ暗いところがある逃亡者も、獣を求める狩人も、罪を犯した犯罪者すら、近づかない。

そんな森に、そんな場所だと知っていながら、彼らアグニーは逃げ込んだのである。

争いが嫌いで、そもそも争う手段を持たない彼らには、もうそれ以外逃げ場所が無かったのだ。

「マーク。ギンが帰ってきた」

その日、やっと落ち着いて腰を下ろすことができた青年、マークに仲間の男がそっと話しかけた。

マークに話しかけたアグニーは少年のように見えるが、実際は中年を少し越えた年頃だ。マークも、外見は十歳前後にしか見えない。

周りに聞こえないように耳打ちされた言葉に反応して、マークはなるべく自然に見えるように立ち上がる。

「ありがとう、スパン。どこだ？」

「案内する」

そう言って、スパンと呼んだ男の後を追い、マークも歩き出す。

歩きながら、マークは火を囲んでいる仲間達を見回した。

みんな、命からがら、身ひとつで村を飛び出してきている。

着ている服はぼろぼろで、体も汚れていた。

そして何より、みんな疲れ切っている。

いつもは元気に走り回っている子供達は泥のように眠っているし、大人達は項垂《うなだ》れ言葉ひとつ発さない。

「みんな疲れてるな」

「仕方ないさ。何日も何日も逃げどおしで、ついにこんなところにまで来ちまったからな」

マークの言葉に、スパンは苦笑交じりに辺りの森を見渡す。

『罪人の森』には、恐ろしい化け物が潜んでいるという。

それがいつ襲ってくるか、気が気ではない。

しかし、そんなところでもない限り、今の彼らには横になって休むことすら許されないのだ。

スパンが案内した先は、みんなが焚き火に当たっている場所から少し離れたところだった。

先客がいるらしく、スパンは手を上げて声をかける。

振り向いたのは、赤褐色の肌に、ごつごつとした見るからに硬そうな皮膚。

怒髪天をついたように髪の毛を逆立てた、所謂《いわゆる》『ゴブリン』そのもののような相手だった。

手に抜き身の剣を持っていたゴブリンは、二人を見つけて近寄ってきた。

「ハァ」

獣の声帯から、無理やり捻り出したようなため息を漏らすゴブリン。

それを合図にしたように、赤褐色の肌から突然色が抜けていった。

透き通るような白になったと思ったときには、ごつごつとした皮膚がどんどん軟化していく。

広く大きかった肩幅が萎《しぼ》んでいき、腕や足もみるみる細くなっていく。

あっという間にマーク達と変わらぬ、美しい子供の姿になったゴブリンは、手にしていた剣を地面に突き刺し、ため息を吐き出した。

「はぁ。参った参った」

実は、このゴブリンは、スパン達と同じアグニーだった。

ゴブリンのような外見は、彼らの使う「強化魔法」に由来するものなのだ。

彼らアグニーは、魔力制御があまり得意な種族ではない。

習得できるのは魔力での肉体強化だけなのだが、コレを使うと妙なことが起きるのだ。

外見がゴブリンのようになるのである。

この現象は、アグニーだけに見られるもので、ほかの種族でこんなことになるモノはいない。

奇妙なことに、この現象はすべてのアグニーに共通している。

長い『海原と中原』の歴史の中で、外見がゴブリンにならずに強化魔法を使ったアグニーは、一人として存在しない。

一定の年齢になると、アグニーは必ずこの強化魔法が使えるようになるのだ。

このことから、アグニー達の間ではこの強化魔法を使えるようになることが、成人の証《あかし》とされている。

そしてアグニーはこの強化魔法が使えるようになって初めて労働力として貢献できるようになっていく。

「ご苦労様、ギン」

ギンと呼ばれたこのアグニーは、周囲の警戒に当たっていた。

敵が追ってこないか、周りに危険な獣はいないかなどの確認は、森に慣れたモノでないと危険だ。

残った仲間の中で唯一狩人である彼が、その仕事を引き受けていたのだ。

「で、どうだった？」

「エルフも人間も、奴隷商も追ってきている様子はないな」

ギンの言葉に、スパンもマークも目に見えてほっとした様子でため息をついた。

まだ安心は出来ないが、一息はつけそうだ。

「そうか。コレで少しは安心できるか」

「おいおい。ここは『罪人の森』だぞ？　どんな化け物がいるかも分からないのに」

安堵したように表情を緩めるスパンに、マークは眉をひそめる。

スパンもすぐに自分達がどこにいるのか思い出したのだろう。

表情を改めると、ギンに向き直る。

話を聞いていたギンは、困ったように頭をかいた。

「それがなぁ。おかしいんだよ」

「おかしい？　というと？」

「ああ。周りにな？　魔獣どころか、クマがいた痕跡もないんだ」

ギンの言葉に、二人は首を捻った。

『罪人の森』といえば、『見放された土地』を取り囲む禁忌の森だ。

恐ろしい化け物や魔獣、悪魔などがひしめいていると聞いている。

「ほかに、もっと恐ろしい化け物がいるせいとか？」

「『罪人の森』だからな」

「いや。俺だってもっとモンスターがいると思ってたんだ。だから、逃げる途中で拾った剣だって準備したんだし」

困ったように顔をしかめるギン。

「でも実際何もいないんだよ。おかしいおかしいと思って、油断したふりをしてみたり、死んだふりをしてみたり、転がったり、立ち上がったりしてみたんだよ」

「何してんだよお前。で、どうなったんだ」

「そういうことしてれば、きっと襲われるだろうと思ってたんだ。でも、ぜんぜん何にも出てこないんだよ。気配すら感じられなかった」

「物語とかだとそういうことしてるヤツ真っ先に死ぬだろう……」

あきれたようなスパンの言葉に、ギンは我が意を得たりと手を叩く。

「だろう？　そう思って、俺も試したんだよ。でも、何にも出てこなくてさ。せいぜい頭の上に小鳥が止まるぐらいで」

ギンの言葉に、マークは地面に倒れている彼の頭に鳥が止まっている姿を想像した。

「お前、アホだろう」

「俺も途中で悲しくなってきた。でも、とりあえず危険はなさそうだな」

「どういうことなんだ……？」

首を捻るマーク。

ギンは、思い出したというように手を叩くと、それと、と話を続ける。

「危険がないって分かったから、とりあえず食料を手に入れてきたぞ」

ギンが指差した先には、オオネズミやウサギなど、狩りで得たであろう獲物が木の枝に括《くく》り付けられてぶら下がっていた。

「これを血抜きしている間も、狼ぐらいしか寄ってこなくってな。その狼も剣を振ったら、それだけで逃げるんだ」

「本当かよ。どうなってるんだ？」

その奇妙な現象に、三人は首をかしげる。

「もしかしたら、まだ、そんなに森の奥に入っていないのかもしれないぞ？　それなら、大型の動物が少ない説明もつくだろう？」

「そうかもしれないな。明日はもう少し奥に行ってみるか」

マークがそう言うと、ほかの二人もそれが良いというように頷く。

「まあ、とりあえずあれだ。この肉をみんなで食べるか」

「まともに肉を食うのなんて久しぶりだもんなぁ。みんな喜ぶぞ」

「ああ。そうだな」

三人はそう言うと、うれしそうに笑った。

栄養を取れば、仲間も少しは元気になるだろう。

これから、どんなことが起こるか分からない。

不安に思う要素は、いくらでもある。

それでも、とりあえず。

仲間が喜ぶ顔が見れるかもしれない。

それだけでも、三人はうれしかった。

仲間への愛情が深いのが、アグニーの特長だ。

三人はギンが捕ってきた獲物を力を合わせて持ち上げると、仲間達のところへと歩き出した。

「いやー、お久しぶりです。さすが赤鞘さんですね。仕事が早い！」

「いえいえ、急にお電話したのに、わざわざ来ていただいて。申し訳ありませんでした」

「何言ってるんですか！　こっちは頼んでいる身ですから」

そんな会話をかわす太陽神と土地神を前に、エルトヴァエルはガッチガチに緊張していた。

一介の天使である彼女にとって、太陽神アンバレンスは文字通り雲の上の人である。

そんなアンバレンスが、赤鞘がこれから管理する『見放された土地』にいる。

しかも、ジャパニーズサラリーマンのような会話をしながら、ぺこぺことお辞儀をしあっている。

こんな光景を人間が見たら、どう思うだろう。

きっと神への信仰心は急降下するに違いない。

なぜ、アンバレンスがこんなところにいるのか。

話は、赤鞘がアンバレンスに電話で連絡をしたところまでさかのぼる。

「ああ、赤鞘さん！　どうしたんですか？」

「いえ、実は魔力の塊の分散に今しがた成功しまして。結界のほう外していただこうかなーと思って電話したんですよ」

「あー！　早いですねー、もうですか！」

「いえいえ。思ったよりは時間かかっちゃったんですけどね。何とかなりましたよ。それでですね。この、周りに張ってある結界なんですけど」

「ああ、結界はもう要らないですね」

「そうですそうです。設置してくださったのがアンバレンスさんと伺いまして」

「そう、ですね。はい。私です私です。大分前のことなんで忘れかけてましたよ。はっはっは！」

「はっはっは！　まあ、それでなんですけど。もう結界外しても大丈夫だと思うんですよ」

「動植物に与える影響なんかももうないし、いいと思いますよ。あ、そうか。外すの私なんだ」

「私じゃこんな大規模な結界を張るのも外すのも無理ですよ。そういうのやったこともない木っ端神ですから」

「赤鞘さんはすぐそうやって謙遜するんですから。分かりました、早速外す方向で、いいですか？」

「はい。特に準備とかもいりませんし。早めに周りの土地と合わせたほうがいいでしょうしね」

「そうですね。じゃあ、手早く外すことにしましょうか」

「お願いします。で、外すのって、時間とか手間とかかかりそうですか？」

「いえ。それ自体は今ここからでも出来ますよ。これでも一応最高神ですから」

「さっすが、最高神様は違いますねぇー。じゃあ、早速お願いしてもいいですか？」

「はいはい？」

「いやいやいや。じゃあ、すぐにでも……。いや、ちょっと待ってくださいね」

「あ、私、直接そっち行きます！」

「え⁉　天界からでも外せるんじゃ？」

「いや、もともとちょっとした用事もありましたし！　赤鞘さんの顔見に行くついでに行きますよ！」


エルトヴァエルの耳は、その気になれば上空一千メートルから地上の人間達の会話を聞き分けることも出来る。

近くで行われる電話でのやり取りなんぞ、拡声器で会話されているようなものだ。

会話の内容に愕然《がくぜん》としていたエルトヴァエルだったが、この後さらに驚くべきことが起きる。

電話を切って、三分ほど経った頃だ。

アンバレンスが空から降ってきたのだ。

赤鞘がこの土地に来たときと同じ、自由落下である。

最初に上空から落ちてきているアンバレンスを見つけたのは、エルトヴァエルだった。

赤鞘にそのことを伝えようと口を開いたが、モノが落ちてくる速度というのは存外に速い。

「赤鞘様！　空から何かが落ちてきました！」

と叫び、その言葉の途中で赤鞘が振り返ったときには、地面にクレーターが出来ていた。

赤鞘からすれば、振り返ったと同時に地面がえぐれたように見えただろう。

彼らから二十メートルも離れていない位置に出来たクレーター。

どうリアクションしていいのか分からず、固まる赤鞘達。

しかし、クレーターから這い出てきた太陽神は、そんな彼らとは対照的にとても明るく、朗らかだった。

「いやー！　びっくりしちゃいましたよ！　急いで来ようと思ったんですけどね！　減速間違えちゃって！　はっはっは！」

そう言いながら、アンバレンスは体についた土を払う。

そんなアンバレンスを見て、赤鞘は引きつり笑いを浮かべている。

小声で「あんな高さから落下して無傷だなんて……無茶苦茶だ……」などと言っているのが、エルトヴァエルには聞き取れた。

もちろん、「貴方《あなた》も似たようなものですよ」とは、言わない。

あと少しで口から出そうになったが。

「いやー、お久しぶりです。赤鞘さん仕事が早いですね！」

土を払い終わったアンバレンスは、何事もなかったかのような顔でそう言うと、赤鞘に近づいてきて肩を叩いた。

赤鞘のほうも、考えても無駄だと思ったのだろう。

いつものゆるい感じの笑顔を浮かべると、困ったように頭をかいた。

「いえいえ、急にお電話したのに、わざわざ来ていただいて」

そう。

赤鞘がアンバレンスに連絡を取ってから、約四分。

実にお手軽な太陽神召喚だった。

アンバレンスと赤鞘が日本のサラリーマンのような会話をしている頃。

『見放された土地』と『罪人の森』のちょうど境目の辺りで、呆然《ぼうぜん》と立ち尽くす集団がいた。

美しい子供の容姿に、ボロボロの服。

それと、ゴブリンの容姿に、ボロボロの服。

四十人ほどの統一性があるようなないようなその集団は、アグニー達だ。

彼らは、とても驚いていた。

森の中を歩いていたら、突然何も無い荒れ地に出たのだ。

驚きもするだろう。

アグニーにとって『見放された土地』というのは、まったく未知の土地だ。

そもそも、ここ百年ほど、この場所に近づく人種は皆無だった。

まともなモノは神の怒りを受けた土地なんて恐れて近づかないし、まともでないモノも魔力枯渇などを恐れて近づかない。

そのため、『見放された土地』がどういう状態になっているのか、正確に知るモノは誰もいなかったのだ。

そういう意味では、彼らは今歴史的発見をしていることになる。

「…なんだこれ。荒れ地か？」

ぼそりとつぶやいたのは、狩人のギンだ。

剣を背負い、外見はゴブリン状態。

何があってもいいように、臨戦態勢をとっているのだ。

ほかの大人のアグニーも、強化魔法を使ってゴブリン状態になっている。

まだ強化魔法が扱えない子供や怪我人は美しい子供の容姿のままなので、一見すると「ゴブリンとさらわれた子供達」だと誤解されそうだ。

「さぁ？　『見放された土地』っていうのがあるとは聞いたことがあるけど、どんなところなのかとかは聞いたことないからなぁ」

首を捻っているのは、若者のリーダー、マークだ。

アグニーは外部の情報に疎い種族だ。

小さな集落で暮らし、これといった特産物も無くつつましい生活をしてきたため、外部との接触が極端に少ないのだ。

そんな彼らが、未開の土地についての情報を持っているわけもない。

うっそうとした森が突然線を引いたように途切れ、何も無いむき出しの大地が広がっている。

幻想的にも見えるその光景は、アグニー達の度肝を抜くのに十二分なインパクトがあった。

「ああ。そうだ」

口をぽかんと開けていた中年アグニーのスパンが、思い出したように周りを見回した。

「長老ならなにか知ってるんじゃないか？　長生きしてるんだし」

「そうか、長老か」

スパンの意見に賛同したマークも、長老を探しはじめる。

長老というのはその名の通り、アグニー達の村で最も長生きをしているアグニーのことだ。

アグニーの寿命は長くて五十歳前後といわれているが、長老は今年で五十一歳になる。

彼らの中では、まさに生き字引ともいえる存在だ。

長老を見分けるのはそう難しくない。

小刻みにプルプルしているのが、長老だからだ。

すぐに長老を見つけた二人だったが、質問をするのはすぐにあきらめた。

「こーうーやーじゃー！　なんなんじゃこれはー！」

一番驚いているのが長老だった。

「まあ、こうしててもしょうがないだろう。俺が少し行ってみる」

意を決してそう宣言したのは、ギンだった。

この中で戦闘能力や危機回避能力が一番高いのは、間違いなくギンだ。

森に入ってから周囲への警戒を一手に引き受けていることからも、その実力と周りからの信頼が見て取れる。

「頼むぞ、ギン」

「気を付けてな」

仲間達に声をかけられ、ギンはコクリと頷いてみせる。

ごくりとつばを飲み下すと、荒れ地に向かって一歩を踏み出す。

そして――。

ギンの顔面に衝撃が走る。周りにいるアグニー達が思わず体を跳ね上げるような、鈍い音が響く。

どうやら、見えない壁のようなものがあったらしい。

顔面を押さえ転げまわるギン。

どうやら相当痛かったらしい。

「ど、どうした⁉」

「なにがあったんじゃー！」

大慌てでギンの周りに集まるアグニー達。

ギンは顔や膝など、ぶつけたらしい場所を押さえながら涙目で『見放された土地』のほうに顔を向ける。

「な、なんか、見えない壁みたいのがあった……！」

「見えない壁？」

首を捻るアグニー達。

その中で、長老が手をぽんと叩き、思い出したというように口を開いた。

「結界じゃ！『見放された土地』は結界で封印されておるんじゃぁ！」

「へぇ。なんで？」

何げない子供の質問に、長老は一瞬凍りついた。

すぐに復活すると、腕を組んで遠い目で説明をはじめる。

「大昔の戦争の折に、焼け野原になったここを神様が封印なさったのじゃぁ」

「なんで？　焼け野原になっただけなら、別に封印しなくてもいいんじゃないの？」

別の子供の質問に、長老は凍りついた。

しばらく固まった後、ゆっくりと口を開く。

「なんでじゃろう」

そう。

長老は、魔力枯渇のことなど知らなかったのだ。

それもそのはずである。

戦争のことや魔力枯渇などの『見放された土地』に関する詳しい情報は、大きな国で専門的な勉強をしているような者しか知らない事実だ。

未だ情報伝達手段の確立していないこの世界の、しかも小さな集落で暮らしてきたアグニーには知る由もない。

それでも、『見放された土地』に近づこうなどと考えるモノはいない。

神が実在し、天使が国同士の話し合いに干渉するこの世界で、太陽神が出入りを禁じた土地に入ろうとするモノなど、いはしないのだ。

そんな誰も近づきもしない場所が、どうして危険なのかなんて、長老の知るところではなかった。

「神様が入っちゃいけないって言ってるから、行っちゃいけないよね」

アグニー達にとってこの土地は、そのぐらいの認識であり、

「神様が入っちゃいけないって言ってるから、絶対に入らないしね」

で、話が終わっていたのだ。

そのため、この結界の向こうが魔力枯渇地域であり、入ったら魔力を奪われ死んでしまう、などという知識は、長老でも持ち合わせていなかったのである。

「長老が知らないことを俺達が知るはずもないしなぁ」

スパンはそうつぶやき、首をかしげた。

ほかのアグニー達も同じようなもので、呆然と『見放された土地』のほうを見ている。

そんな中、一人の子供が、おもむろに足元の小石を拾い上げた。

思い切り片足を上げ振りかぶる。

そして。

その小石を、全力で結界に向かって投擲《とうてき》した。

甲高い音を上げて、小石が弾き返される。

「「「おお……！」」」

なぜか、感動したような声が上がる。

それに釣られたように、ほかのアグニー達も動き出した。

あるモノは手で触れ、あるモノは蹴ってみて、あるモノは土を投げつける。

手触りとしては常温のガラスが一番近いのだが、アグニー達は大きな一枚ガラスというものを見たことがなかったので、未知の感触だった。

「うわぁー。なんだこれー」

「なんだこれ、すごい！」

顔面を押し付けてみるモノ。

よじ登ろうと無駄な努力をするモノ。

取り憑《つ》かれたように棒で殴り続けるモノ。

見た目が子供なだけに、新しいおもちゃを得たお子様のような有様だ。

彼らアグニーは基本的に臆病だが、好奇心は旺盛だ。

こんな面白そうな物に、飛びつかないわけがない。

実際、ギン、スパン、マーク、長老、以下、怪我人、老人にいたるまで、全アグニーが横に並んで結界で遊んでいた。

この瞬間、彼らの頭からは、自分達の境遇や、ここがどういう場所かといったことはきれいさっぱり消え去っていた。

見た目が子供なだけでなく、行動も子供っぽい。

それがアグニーだった。

結界を取っ払う前の確認ということで、赤鞘達は円陣を組んで腰を下ろしていた。

円陣と言っても、赤鞘とアンバレンス、そしてエルトヴァエルの二柱一位しかいないから、三角の形になっている。

畳も床も無いので、彼らは地べたに直接座っていた。

ちなみに、座り方はもちろん正座だ。

太陽神と土地神と天使が、正座で円陣を組んでいる。

かなりシュールな光景だが、ツッコミを入れるモノはここにはいない。

「で、結界を消す前にですね。赤鞘さんにいくつか確認したいことがあるんですよ」

アンバレンスは真剣な表情で、そう切り出した。

「はぁ。確認したいことですか」

「赤鞘さんって、ガーディアンは何を置くつもりですか？」

「……がーでぃあん……？」

アンバレンスの口から出た言葉に、思いっきり首をかしげる赤鞘。

その反応に、アンバレンスは硬直する。

「え。ガーディアンですけど」

「がーでぃあん？」

「そうそう。ガーディアン」

「いえ、単語は知ってるんですけど。何で今それが出てくるのかなーと」

「あー。あーあーあー」

ここで、アンバレンスは大切なことを思い出した。

この世界に関する常識は、赤鞘の頭にはほとんど入っていないのだ。

恐るべき忘却力とでも言うべきか。

アンバレンスは、早速説明をすることにした。

「ガーディアンっていうのはですね。アレですよ」

ここで、言葉が詰まってしまう。

アンバレンスの中ではガーディアンという存在は当たり前であったために、説明するのに適当な言葉がすぐに浮かんでこなかったのだ。

「あー。こう、神様って意外と忙しかったり、その場から離れられなかったりするじゃないですか」

「はぁ」

「その名代《みょうだい》っていうか……」

そう言いながら、アンバレンスはエルトヴァエルのほうに顔を向けた。

視線を合わせ、目で何かを訴えかける。

見据えられたエルトヴァエルのほうは一瞬うろたえたが、すぐに意図を汲《く》んで口を開いた。

どうやら代わりに説明してほしい、ということらしい。

「ガーディアンというのは、赤鞘様の世界で言うところの使い、もっと分かりやすく言えば、眷属《けんぞく》になると思います。土地の守りや、他所への言伝《ことづて》。ご存知のところで言えば、ヤタガラス様や、稲荷《いなり》神社の狐《きつね》様などです」

「「あーなるほどー」」

エルトヴァエルの説明に、赤鞘とアンバレンスの声が重なる。

なんで太陽神様まで、と思うエルトヴァエルだったが、口には出さなかった。

「えー。でも私、元の世界でも眷属とか使いなんていなかったんですが」

「まあ、いなくてもいいとは思うんですが。この世界は神が人間に干渉することが多いじゃないですか」

「そうなんでしたっけ？」

「力量にもよりますけどね。あまり強い力を持っている神は与える影響を制限されてて、力の弱い神は制限以前に与えられる影響が少ないですから」

「私なんて、全力で干渉して影響与えたとしても、ほっとんどあって無いようなものですよ。何せ妖怪に毛が生えた程度の能力ですし」

「いやいや。はっはっは」

アンバレンスは言葉を濁し、笑ってごまかした。

その通り、とも、言いづらかったからだ。

実際、力の弱い赤鞘は、この世界での行動に制限がかけられていない。畑を耕そうが農業指導しようが軍隊を作ろうが国を作ろうが、咎《とが》められることはないのだ。

とはいえ、赤鞘がそういった大掛かりな干渉をすることはないし、しようとも思わないだろう。

土地神である赤鞘は、土地を管理するのが仕事であり、生き甲斐であり、存在理由だ。

人間が呼吸をし、食事をして生きているように、赤鞘自体は土地の管理をし、繁栄と豊作に関する加護を与えなければ存在できない。

それだけに、それ以上に何か干渉しようという発想がないのだ。

膨大な知識や圧倒的な力があるならばともかく、物凄《すご》く長生きした人間程度の知識と多少特殊な力が使える程度でしかない赤鞘である。

もし何かしら影響を与えようとしたとしても、そんな赤鞘では劇的な変化は望めないだろう。

「それに、私が眷族を作ったところで、高が知れてるでしょうしねぇ」

眷属が大本である神を超える力を持つことはほとんどない。

ただでさえ能力が低い赤鞘が眷族を作ったとしても、あまり意味がないのだ。

本人のこの判断は、ある意味真っ当だろう。

「いやいやいや。まあまあ。でも、折角こっちでは干渉無制限なんですし。ほら、何か魔物とか来たときの備えとしてとか」

「え、魔物とかいるんですか？　怖い」

「ええ。まあ。向こうの世界でいうとＲＰＧとかに出てくるようなドラゴンとか。そういう生き物もいますから実際。そういうのから土地を守る意味でも、置いてみるとか」

「あー。なるほど……」

「将来的に村とかが出来たときの、守護要員とかにもなりますしね」

アンバレンスがガーディアンを置くことを推すのには、理由があった。

『海原と中原』の創生神である母神が、少し前に大勢の神を引き連れて新しい世界を創生するため、この世界を離れてしまったのはご存知の通り。

そのとき、母神は優秀な神や、やる気のある神をごっそり連れて行ってしまっていた。

ようするに今残っている神は、力はあるけどやる気がない神や、そもそも能力が低い神など、新世界を創る仕事にあぶれた神達なのだ。

そこでアンバレンスは、異世界の神である赤鞘に積極的に活動してもらうことで、そうした神々の発奮材料やお手本になってもらえればと思っていたわけである。

とはいえ、小市民な赤鞘にそんなことを直接言えば、萎縮してしまうだろうこともアンバレンスは予測していた。

そこで彼は、異世界に来て間もない、まだテンションが上がっているだろう今のうちに、いろいろ既成事実を作らせてしまうことにしたのだ。

ガーディアンを作ってしまえば、イヤでも土地に住むモノに干渉することになるだろう。

それを非難するにしても、賛同するにしても、ほかの神々も世界運営に興味を持つことになるはずだ。

「そうですねぇ。ここは私が元いた世界とは違うわけですし。用意しておいたほうがいいんでしょうねぇ」

腕組みをしながらそう言った赤鞘の言葉に、アンバレンスは小さくガッツポーズを決めた。

眷属にしてもガーディアンにしても、生み出すには様々な方法がある。

既存の生物に力を与えたり、土をこねて生命を与えたり。

今回赤鞘が選んだのは、自身の血を使うというものだった。

古今東西、化け物にしても神にしても、血というのはとてつもない影響力を持っている。

神の血からなんたらーとか、化け物の血が流れてどうたらーという話は、神話などには割と多い。

「まあ、私の場合、血でも使わないと何も生まれないぐらい力が弱いからなんですけどね」

苦笑しながらそう言う赤鞘。

力の強い神なら目をすいだりしただけで凄《すさ》まじい神が生まれたりするのだが、妖怪に毛が生えた程度の赤鞘ではそういうわけにはいかないのだ。

「でも血って。赤鞘さん、非実体系じゃないですか」

赤鞘は鞘を本体とする、付喪神《つくもがみ》タイプの神だ。

一般的な付喪神と違い、赤鞘の本体は神器になっている。

これは長年土地神をやっていた影響なのだが、そこが赤鞘と付喪神を隔てる要素になっていた。

端的に言ってしまえば、赤鞘の鞘は決して壊れない。

赤鞘が神として存在する限り決して壊れず、存在し続ける。

逆に、赤鞘が神として存在できなくなると、鞘は跡形も無く消えてしまう。

もともと、赤鞘は廃村で守り神をしていた。

あの頃はまだその村の出身者がかろうじて赤鞘の存在を覚えていたから存在できていたが、もし彼らが死んでしまったら。

赤鞘は世界から消えてしまっていただろう。

ちなみに、今の武芸者としての赤鞘の姿は、赤鞘が神としての力を使って作った、立体映像のようなものだ。

一番近いものをあげるとすれば、「物に触《さわ》れる幽霊」といったところだろうか。

力の弱い赤鞘にとってはこれを作るのも結構大変だったりする。

たとえば今の武芸者の体を完全に破壊されても消滅することはないが、再び体を作るためには一ヶ月は力を溜《た》めなければならない。

アンバレンスレベルの神であれば、血も肉もある体をいくらでも作ることが可能なのだが、赤鞘にはそんな力技は不可能だ。

赤鞘のように本体がないタイプの神が、実体を得るというのは、実は割と大変なことだったりする。

「ええ。まあ、それでも血の数滴なら何とかなると思うんです。それを使おうかと思っています」

それでも何とか数滴だけでも作ることができるのは、赤鞘が曲がりなりにも神だからだ。

血とは言っても実際の血液ではない。実体のない赤鞘が土地神としての力を使って起こす奇跡の一種である。

とはいえ本当に数滴作るのがやっとなところが、赤鞘らしいところだろうか。

赤鞘がガーディアンを作るためにやってきたのは、川のほとりだった。

周りに生物、植物がまったく無く、むき出しの大地に水が流れるだけの場所だ。

「なるほど、水ですか」

「はい。私は地脈とかの扱いには慣れていますから。水に力を流して、そこに私の血を垂らしてみようかと」

赤鞘がこの世界にスカウトされた理由のひとつが、世界に満ちる力の管理が上手いことだった。

地脈、竜脈、呼ばれ方はいろいろあるが、地球も、『海原と中原』も似たような物で、様々な力に満ちている。

それは複雑に絡みあい、相互に影響しあっているのだが、そういったものが滞りなく流れるようにするのも神の仕事だ。

赤鞘本人の力はたいしたことがないものの、そういった力を管理する技術に長《た》けている。

人差し指を伸ばすと、赤鞘は空中に円を描くようにそれを動かしはじめた。

ただ円を描いているように見えるが、そうではない。

周囲に流れる力を整え、その一部を水に集中させているのだ。

水は様々なエネルギーと親和性が高い。

神力、気力などを通しやすく、かつ溜め込みやすい。

流れる川にそれらを流しても、次から次へと流れていってしまうだけだが、赤鞘は、今度は水にも影響を与えはじめた。

赤鞘の指の動きに合わせるように、川の水の一部が渦を巻きはじめる。

「すごい……」

指先だけでその流れを作り上げていく赤鞘に、エルトヴァエルは思わずといったようにつぶやく。

これだけ繊細で美しい流れの整え方を、彼女は見たことがなかった。

この世界の神々は、何事につけても良くも悪くも力技だ。

神々の多くは生まれ出でたときから強い力を持っているから、そもそも赤鞘のように細かく操ろうという発想がない。

図太い流れを作って、それでおしまいというのがこの世界の多くの神のやり方だ。

対して赤鞘は、毛細血管の様に力の流れを張り巡らせる。

大まかな部分では効果は同じだし、手間がかからない分、力さえあれば前者のほうが楽ではある。

だが、それでは力に偏りが出たり、いきわたらない場所が出来たりしてしまうことがあった。

赤鞘のようなやり方は調整や管理に手間もかかるが、その分、精度が高くムラが出来にくい。

赤鞘に言わせれば、大きな流れが作れないがゆえの苦肉の策なのだが。

川の中に出来た渦に、様々な力が蓄えられていく。

もし怪我をしている人間がこの水を飲めば、一瞬で全快するだろう。
上手くいけば、伝説の勇者とかになれる身体能力が得られるかもしれない。
それを目にしたアンバレンスは良い意味で驚いていた。
力が弱く、影響力の小さな赤鞘でも、技術さえあればこれだけのことが出来る。
赤鞘は必ず、この世界にとって良い影響を及ぼすはずだ。
確信に満ちた思いで、アンバレンスは赤鞘が作った渦を見つめていた。
エルトヴァエルもまた、驚愕の表情を浮かべている。
赤鞘が今やっているように力が集められた水は、この世界の神でも作ることがあった。
特定の人間に力を与えたり、新しい生物を作り上げるときの基礎に使ったり。
だが、赤鞘のような力の弱い神が作れるとは思っていなかった。
しかもこの水は、今まで見てきたどんな水よりも美しく力に満ちている。
天使であるエルトヴァエルが思わず見とれてしまう。
それほど、赤鞘の作った水は素晴らしいものだった。
それぞれに感動している一柱一位にはさまれた当の赤鞘はといえば。
「……あれ。なにこれ。こんなはずじゃなかったんですけど」
物凄くあせっていた。
彼は、別にこんなに力の強いものを作ろうとは思っていなかったのだ。

赤鞘の元いた地球と、『海原と中原』には決定的な違いがある。

それは、力の濃度だ。

成り立ち、理の違いか、地球と『海原と中原』では、世界に満ちる力の濃さに雲泥の差があった。

『海原と中原』の方が、圧倒的に濃度が濃いのだ。

力の流れを制御するのに長けた赤鞘が地球と同じように行った場合、影響を与えられる範囲が本人のイメージとは桁違いに大きくなるのだ。

もし、こんなに力の集中した水に、赤鞘の血を垂らしたらどうなるのだろう。

もしかしたらとんでもないことになるかもしれない。

赤鞘は数秒考えた後、結論を出した。

「ま、いいか。やってみれば」

基本的にあまり物事を思い悩むのが得意ではない赤鞘だった。

渦巻く水に、鞘の先を突き立てる。

赤鞘はやおら口を開き動かすが、それは音にならない声だった。

人間の理解の範囲から逸脱したそれは、世界の理や神の力に関するものだ。

口の動きが止まると、鞘から赤い液体が一滴だけにじみ出した。

それは鞘の表面を伝うように流れていくと、渦の中へと消えていった。

一瞬で水の中へと溶け込み、色を失う。

赤鞘が鞘を引き抜くと、渦は徐々にその勢いを失っていき、やがて水の流れに押し流されて残滓もなく消えてしまった。

しかし、さっきまで渦のあったはずの場所には、何かが残っていた。

水面を押し上げるように立ち上がったそれは、人の形をしている。

それは、水で出来た人形《ひとがた》だった。


赤鞘が水で出来た人形を見守っている丁度その頃、アグニー達は食事を楽しんでいた。

食べているのは、狩りで得た肉と、野草などを焼いたもの。

元々、辺境で暮らしていたこともあり、こういった一種野性的ともいえる料理は、アグニーの得意とするところだった。

「いやー、それにしてもとっさにかぶってきたナベが、こんなに役にたつとはなぁ」

村を逃げ出すとき、何人かのアグニーは身を守るため、とっさに鍋を被っていた。

それが、今こうして煮炊きをするのに役立っているのだ。

「この辺りは人が入らないみたいだから、食べられる野草がけっこう生えてるぞ」

「普通だったら、みんな採りにきてるもんね」

「ほんとに、誰もちかづかない場所なんだろうなぁ」

普段はありつけないような美味《おい》しい野草やキノコがふんだんに入ったスープをすすりながら、アグニー達は同意するように頷いた。

ちなみに、彼らが使っているお椀なども、とっさに持ってきたものである。

身を守るものとしての用はなさないのだが、あまりにも慌てていたために持ってきてしまったのだ。

「さいしょ、なんでおわん持ってるんだろうって思ったけど。おまえエライよ」

「ほんとじゃ、ほんとじゃ」

「ほめられてる気がしないなぁー」

「でもさぁ。ここ、おもったよりもすごしやすくない？」

そうつぶやいたアグニーに、皆の注目が集まった。

ここは『見放された土地』であり、危険な場所なのだ。

一体何を言っているのか、と全員が怪訝《けげん》な顔をする。

しかし、すぐに疑問に首を捻った。

神様に近づくなと言われている場所のはずなのだが、別に天使様が警告に来るわけでもない。

むしろ野草やキノコもたくさんあり、食べるのに適した狩猟鳥獣もたくさんいる。

川も近くに見つけられたため、水の心配もない。

そして、追っ手は『見放された土地』に近づくのを嫌ってか、襲ってくる気配もなかった。

しばらくみんなが黙り込んだ後、おもむろに長老が口を開く。

「しばらく、ここで暮らしてみることにする、というのはどうじゃろうか」

ウサギの骨を咥えながら言う長老の言葉に、他のアグニー達は大きく頷いた。

「食べるものもあるし、水もある。なんとかなるじゃろう」

逃げている間に、すっかりたくましくなったアグニー達だった。

第六章 新しい眷属

目の前がぐにゃぐにゃしていて、見えづらい。
自分の中なのに、自分ではないものの中にいると感じて、体を伸ばした。
ぼろいのと、光ってるのと、羽があるのと。
みっつが自分を見ていると分かった。
みっつのうち、自分を創ったのはぼろいのだ。
分かったとか、そう思ったとかではなく、最初から分かっていた。
ぼろいのは自分を見て、なんだか困ったようにしている。
自分とぼろいのと、見た目が違うことに気が付いた。
あの形の方が動きやすそうだ。
すこし、真似てみることにした。
赤鞘の創り上げたモノは自ら立ち上がると、すぐに周りと自分を見比べはじめた。
どうやら水で出来た自分の体と、赤鞘達の見た目の違いに違和感を感じたようだ。

しばらく赤鞘のほうを見据えていると、その体に変化が起きはじめる。

インクを垂らしたように表面が紅《あか》く染まりはじめ、あっという間に人間の皮膚のように変化したのだ。

身をかがめ、アンバレンスはソレをまじまじと覗き込んだ。

どんなことが出来るのか、どの程度の知性を持っているのか。

ただ覗き込んでいるだけに見えるが、もちろんそんなはずはない。

神である彼の目には、ソレがどんなものなのか詳細に映し出されている。

「まだいろいろ知識は無いけど、頭の良い子みたいだね。力も十二分にある」

まじまじと覗き込むアンバレンスを、ソレは表情も変えずに見つめ返す。

表情が変化するのかさえ、まだ分からないのだが。

ソレは首をかしげると、突然身を捻り赤鞘に向かって歩き出した。

「んえ？」

不思議そうに首をかしげる赤鞘にかまわず、その後ろに回り込む。

何をするのかと、さらに首をかしげる赤鞘。

ソレは赤鞘の衣服をむんずと摑むと、引っ張ったり匂いをかいだりしはじめた。

「ああ。お洋服ですね」

エルトヴァエルが手を叩いて言う。

そう、ソレは全裸だったのだ。

見た目は七、八歳の男の子といったところだし、場所が川だけに全裸でもかまわないといえばかまわないのかもしれないが。

「え、洋服とか用意がないんですが」

赤鞘が顔をしかめ、後ろを振り向く。

その、瞬間だった。

ソレの体の周りの光景が歪み、赤鞘の着ているものと同じような着物が現れたのだ。

地味な色の袴を身につけたその姿は、昔の日本の子供のようでもあった。

赤鞘と同じ色合いの袴ではあったが、ひとつ決定的な違いがあった。

赤鞘のはいているのはかなり着潰されているように見えるのに対し、ソレの物は真新しく見える。

「へ？」

どことなく満足そうに見える無表情のソレを見て、赤鞘の目が点になった。

「あれ、服着てましたっけこの子」

「今しがた作ったみたいですよ？　魔力を使って」

魔力というのは、この世界に満ちる神力のことだ。

自由に操ることが出来れば、着物の一着や二着作ることはたやすいだろう。

「でも、絹地とか木綿とかじゃないなぁ。水をそうなるように加工したみたいね。水から生まれただけあって、水の扱いが得意みたいですよ」

面白そうに言うアンバレンスの言葉に、赤鞘は表情を引きつらせた。

「なんか。恐ろしく学習が早くありませんか？」

「その子、相当頭がいいですから。すぐに言葉も覚えると思いますよ」

アンバレンスが言うのだからそうなのだろう。

赤鞘は困ったような笑顔を作ると、ソレの頭に手を伸ばした。

ソレは頭に手を乗せられぐしゃぐしゃとなでられるが、特に抵抗はしなかった。

自分が誰に創られたか、きちんと理解しているようだ。

「とりあえず、名前を考えますかね」

「なまえ、かんがえますかね」

苦笑しながらそう言った赤鞘の言葉を繰り返したのは、赤鞘が創ったものだった。

「「……」」

黙り込む二柱一位。

「しゃべりましたね」

ぼそりとつぶやくエルトヴァエル。

「学習速度はやくない？」

同じようにつぶやくアンバレンス。

「あれ。おかしいな。事前知識とか与えてないはずなのに」

引きつり笑いをする赤鞘。

どうやら赤鞘が創ったものは、創造主の予想をはるかに超えて優秀なようだった。


丁度その頃、食事を終えたアグニー達は、これからのことについて話し合っていた。

子供や女性達は食事の後片付けをしているので、参加しているのは大人の男ばかりだ。

これが人間ならば非常にむさくるしい絵になるのだろうが、彼らアグニーの外見は人間で言えば小学生程度である。

ゆえに、その絵面は、まるで学級会のようだった。

円陣を組んで座っており、一番上座と思われる『見放された土地』側には、長老が座っていた。

「はい、と、いうわけで。【第一回追われて逃げてどうしよう会議】をはじめたいと思います」

ぱちぱちと拍手が起こる。

別にふざけているわけでは一切ない。

これがアグニー族に代々続く、会議の正しいはじめ方なのだ。

はじめに考えたやつはふざけていたかもしれないが。

「ひとまず、しばらくここに滞在することは決定でいいじゃろうかの？」

「異議なし」

「いいとおもうぞ」

「賛成」

ボッボッと同意の声が上がり、長老がうんうんと頷く。

「それではまず必要なものをそろえる相談といこうかのぉ。衣食住の、衣は一応みんな服を着ておるからクリアとしよう。次は食、まずは狩人のギン」

名指しされたギンは「はい」と言って手を挙げた。

みんなの注目がギンに集まる。

「この辺りはオオネズミやウサギが多い。食べる分には困らないだろう。俺達が警戒しなきゃいけないのは狼ぐらいかな」

「まあ、火さえ絶やさなければ大丈夫じゃろう。植物系のほうはどうじゃろう？」

長老の問いに手を挙げたのは、中年アグニーのスパンだ。

「食べられる野草が多くて、普段村で食べてた頃よりも収穫が多いくらいだ。生えている量も多いから、採りすぎないようにしてもけっこういける」

「水はどうじゃ？」

この疑問にも、スパンが答える。

「少し離れた所に、川があるな。あまり近すぎると動物やなんかが水を飲みに集まるから危険ではあるんだが、ここならそれなりに距離もあるし大丈夫だろうな」

「そうか。では、当面食事の心配は要らないようじゃな」

この言葉に、すべてのアグニーが安堵のため息をついた。

言った本人である長老もついた。

食べるのが大好きなアグニーにとっては、とても重要な問題だったのだ。

「次に、住じゃ」

「はい」

これに手を挙げたのは、若者アグニーのマークだ。

「とりあえず雨を避けるために、掘っ建て小屋でも作ろうと思う。落ちている枝と草、それと落ち葉を材料にする予定だ」

「木を伐《き》り出せば、少しはましな物が出来るかもな」

「いや、木は伐らない。枝とかを使ったほうがカムフラージュになるし、幸いこの辺には大きな枝が多いからな」

マークが言ったように、辺りを見回すとアグニーの身長と同じような大きさの枝がいくつか落ちていた。

風に揺らされたり、動物に齧《かじ》られたりして落ちたのだろう。

「なるほど。カムフラージュか」

「さすがマークだな」

感心したように頷くアグニー達。

どうやらマークは、アグニー達の間で一目置かれる存在らしい。

「少し地面を掘って固めればそれなりに寝やすくもなるし。何人かに手伝ってもらえれば、すぐに全員分の寝床は確保できると思う」

「どのぐらい必要じゃね？」

「六人ぐらい男手が欲しいけど……」

そう言いながら、マークは周りを見渡した。

半分が女子供の集団で、さらに半分は怪我人や老人だ。

男手といえるのは、せいぜい十人前後だろう。

「子供達全員と、大人二人ぐらいに手伝ってもらってもよければ、夕方までには何とかするよ」

「では、そうしてもらおうかのぉ」

「分かった。じゃあ、二人ついてきてくれ」

言うが早いか、マークはそう言って立ち上がる。

近くにいた男二人が、「任せろ」「わかった」とそれぞれマークについていった。

「さて、となると、後は当面の食べ物かのぉ」

「俺が何人か連れて、水と植物、薪《まき》とかを集めてくるよ」

言ったのはスパンだ。

「そうだな。そういうのは、ギン以外ならスパンが一番頼りになる」

「頼むぞ、オヤジ代表！」

その言葉に、どっと笑いが起きた。

「誰がオヤジだ！　お前、俺はまだ二十六だぞ⁉」

「二十六はもうオヤジなんだよ」

「お前も三十になれば分かるさ！」

他のアグニー達から次々と声があがる。

アグニー達の寿命は、人間の丁度半分だ。

加齢の速度は、丁度倍になる。

つまり、スパンは人間で言うと五十二歳。

ちなみに、長老は人間で言うと百二歳だが、未だに畑や狩りなど第一線で活躍している。

「じゃあ、俺と長老、ソレと何人かが狩りに行くか」

ギンのこの言葉が長老の強さを証明していた。

実はアグニーは魔力で体力を補っているため、ある程度年齢が高くても体力的には若い頃と変わらないのだ。

魔力の制御に慣れた年配の者のほうが、力が強いぐらいであったりする。

しかし、それでも体は長年使えば老化するもの。

膝を悪くしたり、骨折した箇所が弱くなったり。

自然の中で生きる彼らは、その分怪我が多くなる。

長老のようにこの年齢まで行動に支障が出るような傷痕が残っていないアグニーは、極少数だ。

現に、周りのギンと同い年ぐらいのアグニー達は、体のどこかしらに傷痕を持っていた。

あるものは片目を失い、あるものは肩に獣に噛まれた痕をつけている。

しかし、ここにいるアグニー達の怪我は、実はたいしたことがない分類に入る。

大きな怪我をして動きに支障があるものは、ほとんど捕まってしまったからだ。

「じゃあ、俺も狩りにいくか」

「俺はスパンに付き合うかな」

「子供達と女達に、肉食わせてやらないとなぁ」

「では、解散じゃ。それぞれ必ず日が沈む前にここに戻ってくること。忘れんようにのぉ」

「「おお！」」

息の合った声を返し、アグニー達は立ち上がり、それぞれに集まり話しあいはじめる。

その様子を満足げに見ていた長老だったが、思い出したようにギンのほうへと歩き出した。


胡坐《あぐら》をかいた赤鞘の膝に、赤鞘が創ったモノが座る。

アンバレンスもやはり胡坐で、エルトヴァエルは正座で座っていた。

相変わらず荒れ地の土の上ではあるが、三人とも段々慣れてきたらしく違和感はないようだ。

周りから見れば神と天使が地べたに座り込んでいるという異様な光景なのだが。

「で、彼の名前、決まってるんです？」

アンバレンスが言った彼とは、赤鞘の膝に座っているモノのことだ。

まったくの無表情で当たり前のように赤鞘の膝に座り、きょろきょろと周りを見回している。

「はい。一応創る前から名前は決めていたんで」

「へぇ。どんな名前ですか？」

興味深そうに聞くアンバレンスに、赤鞘はにっこりとした顔で言う。

「ええ。みったんです」

一瞬、周りの空気が凍ったのを、赤鞘はまったく感じ取ることが出来なかった。

「み、みったんですか」

「ええ。良い名前でしょう？　みったん」

ひょっとして、ギャグで言っているんだろうか。

アンバレンスとエルトヴァエルの思考がリンクした瞬間だった。

顔に笑顔を貼り付けたまま、アンバレンスがエルトヴァエルに目を向けた。

何とか言ってよ。

目がそう訴えかけている。

エルトヴァエルは、良くも悪くも律儀な天使だった。

太陽神にして最高神の無言のプレッシャーに、彼女は重い口を開く。

「ええと、どうでしょう。折角ですし、漢字のお名前を付けて差し上げては」

「ああ、それいいかも！　こう、赤鞘さんの部下！　って感じを出すにはやっぱり漢字だよね！」

漢字なら酷《ひど》いことにはならないはず。

そう考えた結果だった。

「ああ、そうか。それもそうですよね」

よし、乗っかってくれた！

一柱と一位は内心ほくそ笑んだ。

「んー。じゃあ、水彦《みずひこ》とかどうでしょう」

「いいんじゃないでしょうか」

さっきよりは。

とは、決して言わないエルトヴァエルだった。

「水彦。水彦。うん。かっこいいじゃない。水から生まれた子だしね」

アンバレンスは大きく頷いた。

名前に守護している物や扱う物を入れると、力がある程度強くなるという。

神が創った物も同じで、名は体を表すというように、名前がソレっぽいほどソレっぽい力がつくのだ。

ちなみにアンバレンスは、この世界の言葉で「炎で描かれた完璧な円」という意味になる。

真名《まな》というものがある。

真名というのは、名前に宿った特別な力で、この名前を知られると使役されることもあるため不用意に人に教えてはならない。

赤鞘が創ったモノには、生まれた瞬間から真名は付いていた。

神が生み出すモノというのは、生まれる前後に真名が付くものだ。

それは意味を持つ言葉なので、ネーミングセンスが特に気にされることはない。

存在を表す言葉に、センスも何もないのだ。

だが、まさか普段から真名を呼ぶわけにもいかないので、あだ名のようなものを付けることになる。

赤鞘もアンバレンスもエルトヴァエルも、このあだ名だ。

とはいえ、一応名前であり、弱いながらも影響力はあった。

それだけに、自分の力や性質にちなんだ名前を付けるほうが良いとされている。

もちろん、ただ闇雲にちなんだ名前を付ければいいというものではない。

その昔、愛の天使に「珍助《ちんすけ》」と名前を付けそうになった女神がいたという話は、『海原と中原』の神の間ではあまりにも有名だ。


「なまえ、みずひこ」

どうやら、本人も気に入ったらしい。

赤鞘の膝の上で、水彦はぱたぱたと足を動かした。

「じゃあ、決定ですね」

赤鞘はうれしそうに笑うと、水彦の頭をなでた。

そんな様子に、一柱一位はほっと胸をなでおろす。

後にこの一件をエルトヴァエルから聞いた水彦が彼女に本気で感謝したのは、また別の話だ。

実のところ『罪人の森』には、大型の肉食獣がほとんどいなかった。

百年ほど前の戦争の余波で、大半が死に絶えてしまっていたのだ。

『罪人の森』の周囲は広い草原に囲まれている。

海に面しているせいもあるのだろうが、それではなぜ『罪人の森』の一画だけに木が生い茂っているのか。

実はソレは純粋に自然環境のなせる業だったりする。

というのも、そこに湧き水があり、本来なら恵まれた土地だったからだ。

この場所には遠い山から繋がる地層があり、そこから連なる水源のひとつが湧き水として噴き出している。

その水を元に、木々が生い茂り森が生まれた。

そして豊かな森と飲むことに適した水は人を呼び、いつしか街をつくった。

ところが戦争が起こり、街が吹き飛び、『見放された土地』が出来たのだ。

川から森が生まれ、街が生まれ、荒れ地が生まれる。

なんとも言いようのない流れではある。

とはいえ、その特殊な事情から、この森には大型の肉食獣がほとんどいないのだ。

辺りは一面草原だったため、周りから入ってくることもなかったようだ。

そもそも草原で狩りをする大型の肉食獣と、森に住む肉食獣とでは種類が違う。

両方を行き来できるのは、この辺りにはせいぜい狼しかいなかったということだ。

この世界には魔獣と呼ばれる賢い肉食動物もいるが、そういったものは近寄りもしない。

なにせ『見放された土地』だ。

魔力枯渇のことを知らなくても、魔力に敏感な動物は、おびえて近寄りもしなかった。そのため、『罪人の森』はアグニー達にとって最高の隠れ家であったりする。

まず敵は入ってこない。大型の肉食獣はいない。

食べ物は、小型の草食動物から野草まで豊富にそろっている。

衣食住、すべてをそろえることができた。


ちなみに、彼らアグニーを追っているモノ達はといえば。

その大半が、もうすべてのアグニーを捕まえたものと思っていた。

アグニーは弱小種族だ。

『罪人の森』へ逃げたモノは、とっくに動物の餌になっていると思っていた。

そう思われるほどに、辺りは隈なく捜索されていた。

『罪人の森』と、『見放された土地』を除いては。

いくらアグニーでもあんな場所には逃げ込むまい。

よしんば逃げ込んだとしても、恐ろしい化け物達の餌になっているに違いない。

知らないというのは恐ろしいことである。
そんなわけで、逃げ出した四十あまりのアグニー達はひそかに危機を乗り越えていたのだ。

『罪人の森』の一画に、鹿の群れがいた。
十数匹集まったその群れは、皆一様に草を食《は》んでいる。
その中の一頭が耳を動かし、顔を上げた。
周りをきょろきょろと見回しはじめる。
すぐにほかの鹿達も顔を上げ、周りを警戒しはじめた。
少し離れた茂みから、ガサガサと物音が上がる。
ソレを確認した瞬間、鹿達は一斉に走り出した。
物音がしたほうと反対方向に走り出した鹿達の判断は、間違ってはいないだろう。
だが、ソレを狙う狩猟者もいる。
鹿達の進路上の地面が突然盛り上がり、狩猟者が襲いかかっていく。
危ない。
そう判断したときには、もう遅い。
突然現れた襲撃者は、二頭の鹿の命をあっという間に奪っていた。
仲間が倒れたことに気が付いた鹿もいただろう。

しかし、その足が止まることはなかった。

鹿達が離れていく姿を横目に見ながら、襲撃者達は倒れた二頭に近づいていった。

「流石《さすが》長老、お見事」

「やれやれ。久しぶりじゃったから肝が冷えたわい」

襲撃者、アグニー族の狩人ギンと長老は、それぞれの得物を肩に、倒れた鹿へと近づいていった。

ギンが手にしているのは人間用の剣。

長老が持っているのは、太い木の枝に石を括り付けた即席ハンマーだった。

森に落ちていた物を使ったその武器は、この狩りのために急遽《きゅうきょ》作ったものだ。

「その割には、一撃で仕留めてるじゃないですか」

長老が仕留めた鹿は、正確に頭を割られていた。

即死だったのだろう、ピクリともしていない。

「昔とった杵柄《きねづか》じゃわい。わしが若かった頃はまだ鉄のほうが珍しかったからの。こうして作ってたもんじゃ」

担いだ即席ハンマーを叩き、ニヤリと笑う長老。

人の頭ほどの大きさもある石が括り付けられているのだが、長老はソレを難なく扱っていた。

アグニー随一の怪力を誇る長老だから扱えるのだろう。

「おぬしのほうはさすがじゃのぉ。見事なもんじゃ。やっぱり現役には敵《かな》わんわい」

ギンが仕留めた鹿は、首筋を綺麗《きれい》に切断されていた。

「まあ、これでも狩人ですから」

苦笑するギン。

アグニー族は体格が小さいため、大きな弓が持てない。

弓は大きさに比例して威力が変わるので、体の小さなアグニーが大型の動物を仕留めるのは難しい。

もちろん不可能ではないのだが、それでもギンは弓よりも剣や槍《やり》などを好んで使っていた。

「おーい！」

かけられた声に、ギンと長老は顔を上げた。

声のしたほうに顔を向けると、二人のアグニーが手を振っているのが見えた。

「おお！　ご苦労さん！」

手を振って応えるギン。

彼らは、追い込み猟をしていたのだ。

二人のアグニーが鹿の群れを追い込み、長老とギンが仕留める。

結果は、大物二頭の大成功だ。

「さすがだな。みんなも喜ぶだろう」

「ああ。これでまた食いつなげるな」

四人はうれしそうに笑いあうと、早速獲物の処理に取りかかった。

血抜きをしなければ、動物の肉はすぐに傷んでしまうし、味も格段に落ちる。

早ければ早いほど良いとされていて、狩りの場合はその場で血抜きしてしまうことが多い。

だが、実はこの血抜きというのが曲者《くせもの》で、森の中で行うと血の匂いで肉食獣を呼んでしまうこともある。

肉の処理をしていたら肉食動物に食われました、なんてことになったら、目も当てられない。

「じゃあ、俺は鹿の処理をするから、みんなは周りを警戒しててくれ」

「おお」

「手早く頼むのぉ」

ギンは腰に括り付けていたツタを外すと、鹿の足を縛りはじめた。

このまま木につるし、血抜きと解体をするのがアグニー流解体術なのだ。

長老達はギンの周りを囲むように動くと、それぞれ周囲へ注意を向けはじめる。

警戒するとはいっても、すぐさま何かが襲ってくるというものではない。

長老などは腰を下ろしているし、ほかにも近くに生えていたフキを齧って水分補給するモノもいた。

「お前ら、もうちょっと緊張感持てよ」

苦笑しながら言うギン。

とはいえ、そう緊張しすぎる必要がないことはギンが一番よく知っていた。

周りにいるであろう脅威は狼だけで、その狼も大きな群れではない。

四人で固まっている今なら安全だし、何より、ずっと緊張し続けていたら疲れてしまう。

ほかの三人が見張りをしている間に、ギンは手早く二頭の鹿を解体しはじめた。

血を抜き、皮を剥ぐ。

この毛皮も、今のアグニーにとっては貴重な資源だ。

服にしてもいいし、地面に敷いてもいい。

傷をつけないように、丁寧に剥がさなければならない。

「つっても、道具が剣しかないからなぁ」

「上手くいかないか？」

「いや、何とかするよ」

そう言って、再び鹿の解体に戻ろうとするギンだったが、仲間の声でその手が止まった。

「ん？　何だあれ」

座っていた仲間の一人が、突然立ち上がる。

「どうした？」

「あそこ、あの木の上だ」

指差した方向に目をやると、木の枝に黒い何かがいるのが分かった。

「あれは、カラスじゃろうか」

「ああ。この森に入ってから初めて見るな」

カラスは珍しい鳥ではない。

だが、『罪人の森』に入ってからは一度も見ていなかった。

今まで見かけなかっただけだといえばその通りだが、カラスというのはこの世界では取り分け頭のいいことで知られる鳥だ。

もしかしたら、今まで見つからないように隠れていたのかもしれない。

考えすぎだと思うかもしれないが、それほどに頭のいい動物なのだ。

「あのカラス、こっちを見てるよな」

「鹿を狙っておるだけならいいんじゃがのぉ」

やおら立ち上がると、長老は手製の即席ハンマーを構えた。

ほかの二人も、辺りを再び注意深く見回しはじめる。

そのとき、ギンが異変に気が付いた。

「おい、足音だ」

地面を踏みしめる、重い何かが歩く音が聞こえてくる。

段々とアグニー達のほうに近づいているのだろう。

徐々に大きくなってくる足音には、枝を踏み砕く音も混じっていた。

バキバキという乾いた音は、その枝が決して細いものでないことを感じさせる。

「まさかっ……！」

長老の眉間に皺が寄り、こめかみを汗が伝う。

ほかの三人もかなり動揺しているようで、がくがくと手を震わせているモノまでいた。

「トロルじゃ……！」

身長三メートルを超える巨体でありながら、直立二足歩行。

毛むくじゃらの体は恐ろしく強靭《きょうじん》で、腕は人の胴回りよりも太い。

その気になれば木の幹をへし折ることも出来るその怪力は、それだけで十二分すぎるほどの脅威になる。

アグニー達の前に現れた黒い巨人、トロルとは、歴戦の兵士でも恐れる相手だ。

トロルは驚愕するアグニー達を見ると、地響きのような咆哮《ほうこう》を上げた。


水彦を膝に座らせたまま、その手をしっかりと握る。

別に親子仲を確かめているわけではない。

水彦の体に触れることで、効率よく知識を与えていた。

赤鞘は腐っても神である。

言葉や文字にしなくても、情報のやり取りが出来る術を持っているのだ。

もっとも、ソレはほかの神に比べれば非常に遅いものではあるのだが。

力のある神ならば、一瞬で済むのだが、赤鞘がやると一時間以上はかかるだろう。

少々長すぎるようではあるが、この場合は力のある神様の方がすごいのだ。

なにしろ、赤鞘が与えようとしている知識はかなりの量になる。

言語、読み書き計算といったものに、神力の使い方。

刀の使い方などの、戦いに関するもの。

果ては、ゲームなどのサブカルチャーに関するものから、赤鞘がインターネットで仕入れたような知識に至るまで。

それこそ人一人分の人生を、そのままねじ込むようなものなのだ。

ちなみに、それほどの量の情報を普通の人間が一瞬で受け取ると、強い拒絶反応を起こす。

軽くて数日の意識不明、酷いとショック死することもあった。

対して赤鞘のようなゆっくりとしたやり方だと、そういった事は起こらない。

精々知識を与えられている間、ぼうっとする程度である。

世の中なんでも早ければいいという訳ではない、ということだろう。

まあ、水彦は「人間」ではないので、力のある神のやり方でも、問題なく耐えられるのだが。

「それで、次なんですけど。ここって俺が封印するときに、各国に封印することを喧《けん》伝《でん》してるんですよ」

アンバレンスは足を崩して座っていた。

自分が正座をしていると、赤鞘が遠慮すると思ったからだ。

地味に気の利く最高神である。

「へー。あ、じゃあ結界解くときも？」

「いや、ソレなんですけどね？　赤鞘さんに決めてもらおうと思って」

「え。そういうの私が決めていいんですか？」

驚いたように眉を寄せる赤鞘。

その反応に対して、アンバレンスはばつが悪そうに話しはじめた。

「いやぁ。実はですね。当時調子に乗ってまして。ここはお前達の人間の罪深さをあらわす場所として残す的なことを言っちゃったんですよ」

そう言ったアンバレンスの表情は、まるで自身の中学二年生の頃の思い出を語る社会人のようだった。

「うっわ。って、あ、いや、その、すみません」

思わずといった様子でうめき、謝る赤鞘。

アンバレンスは引きつった笑いを浮かべたまま、乾いた笑い声を発している。

「いや。いいんです。はい。黒歴史ですよ。ええ」

エルトヴァエルもわざとらしくそっぽを向いているが、気のせいだろう。

そう、赤鞘は思っていた。

もちろん、自身も顔はそっぽを向いているのだが。

「まあ、そんな感じで、喧言しちゃったんですよ。なんか、各国の首都に半透明の巨大な人影を出現させて」

赤鞘は無言でエルトヴァエルのほうを向いた。

頷いている。

どうやら本当らしい。

都市上空に巨大な自分の姿を映し出し、人間達の愚行を戒める。

人間には理解できない基準ではあるが、神々のあいだでそれはイタカッコイイ行為とされていた。

基準が人間とは別物なので、一概には言えないのだが。

「い、いやほら、大丈夫です、よ？　ははっ！」

「いやぁぁ！　やめて！　そんな痛々しい目で見ないで!!」

赤鞘の引きつった笑顔と、無理やりこねくりだしたような笑いがとどめになったらしい。

アンバレンスは脇腹と顔を押さえ、地面の上でのたうちまわる。

過去の自分の所業にいたたまれなくなっていたらしい。

そうそうお目にかかれるものではないだろう。

慌てた赤鞘とエルトヴァエルが、フォローしようと口を開く。

「だ、大丈夫ですよアンバレンスさん！　ほら！　私も昔、日本一の武芸者になるんだとか言って死合《しあ》いばっかりしてた時期とかありましたし！」

「それカッコイイじゃないですか！　赤鞘さん戦国時代の人でしょう⁉」

「まあ、だいたいそのぐらいですかねぇー？」

「なら普通じゃないですかうわぁぁあああ！」

どうやら赤鞘にはお手上げらしい。

続いて慰めにかかったのは、エルトヴァエルだ。

「落ち着いてください！　ほら、子供の頃っていろいろアレですし！」

「アレって言われた！　俺、今の姿で誕生したタイプの神だから、子供の頃無かったですし！」

さらに傷口をえぐっただけで終わった。

そんな一連の流れをじっと眺めていたモノがいた。

水彦だ。

彼はしばらくアンバレンスを眺めると、こくこくと頷いて口を開いた。
「ちゅうにびょうか」
アンバレンスは無言で、膝を抱えて蹲《うずくま》った。
どうやら、トラウマを刺激されたらしい。
赤鞘が慌ててフォローしようとするのだが、傷はなかなか深いようだ。
結局太陽神が復活して話が先に進んだのは、その後しばらく経ってからだったという。

空に向かって咆哮したトロルは、突っ込むようにアグニー達に向かって走り出した。
途中木に肩が当たるが、傾いたのは木のほうだった。
ずんぐりとした体格のこのトロルの体重は、優に一トンを超えている。
あまりのことに硬直するアグニー達。
その中で最初に動いたのは、長老だった。
「は、は、は」
カタカタと手が震え出し、支えていられなくなったハンマーを取り落とす。
数歩足を踏み出したかと思えば、そのまま猛然と走り出した。

トロルに向かって。

「ハナコー‼」

長老の声に応えるように、トロルが雄叫《おたけ》びを上げる。

大きく手を広げ、走る長老。

同じように、トロルも両手を広げて走っている。

トロルは途中で木の枝とかに引っかかってばっきばきに折っているが、それでもその走りを止めることはできない。

長老とトロルの動きがゆっくりになり、周りにきらきらとしたもやがかかっているような気がした。

感動の再会シーンというヤツだろうか。

一人と一頭はスローモーションの中を、お互い涙を流しながら走っていた。

長老は両足で地面を蹴ると、トロルの胸に飛び込んだ。

トロルは長老をしっかりと受けとめると、抱えたままぐるぐると回り出す。

そんな様子に、ギン達ほかのアグニーの表情も笑顔へと変わっていく。

「ハナコ！　ハナコか！　無事だったんだなぁ！」

「よかったなぁ！」

ハナコ。

それがトロルの名前だった。

肉体的に非力なアグニー達は、村ではほかの動物を育てて畑仕事などを手伝わせていた。

その中に、トロルがいた。

野生のトロルは非常に危険な動物ではあるが、子供の頃からきちんと育てれば実に優秀な働き手になるのだ。

ハナコは長老が面倒を見ていたトロルで、集落が襲われた際、離れ離れになってしまっていた。

それが、この『罪人の森』で再会できたのだ。

「よかったのぉ！　よかったのぉハナコ！　どこも怪我しとらんか？」

長老の言葉に、うれしそうに唸るハナコ。

事情を知らない者が見たら、「子供がトロルに襲われている」ようにしか見えない光景だが、本人達は実にうれしそうだ。

そんな長老の様子に、ギンがはっとした表情になる。

「まさか、あのカラス！」

ギンが上を向くと、三羽のカラスがこちらに向かって飛んできているのが見えた。

ギン達の近くに着地すると、てこてこと歩いてくる。

その様子を見て、アグニー達の表情が驚きに変わる。

「カージ、カーゴ、カーシチ！　お前達か！」

肯定するように鳴くカラス達は、首を上下に振っていた。

カラスもまた、アグニー達が育てる動物のひとつだった。

賢く機動力もあるカラスは、アグニー達の育てている動物を追い、放牧を手伝ったり狩りを手伝ったりしていた。

人間で言えば犬と同じ、アグニー達のパートナーとも言える存在だった。

「生きてたのか！　まったくお前達は！」

ギンは膝をつくと、カラスの頭をなでた。

カラスは抵抗もせずになでられると、うれしそうに目をつぶっている。

村が襲われたとき、真っ先に殺されたのがカラス達だった。

捕らえられるアグニー達を、身を呈して助けようとしたからだ。

空を飛べるといえども、相手は魔法を使うエルフ達。

魔法による雷や炎の攻撃を浴びせられれば、ひとたまりもない。

にもかかわらず、カラス達はパートナーであるアグニーを、決して見捨てず、アグニー達が逃げる手助けを続けていたのだ。

だからこそ、ギン達はカラスは皆殺しにされたものと思っていた。

ギンはカラスの頭をなでながら、その体についた傷を見る。

焦げた痕や、切り傷。

どのカラスも傷を負っていて、とうてい無事とは言えなかった。

「そうか。お前達がハナコを連れてきてくれたんだな」

カラス達は、アグニーの指示で動物を追い立てたり、家畜の移動なども手伝っていた。

恐らく、トロルを見つけてここまで誘導してきたのだろう。

「偉かったなぁ。よくやったぞ」

アグニーの一人がカラスを抱き上げる。

「よし。怪我もしてるみたいだし、このまま抱えてみんなのところに戻るか」

「だな。ハナコもいるし、どうにかなるだろう」

「それにしても、鹿肉にカラス達とトロルのおまけとはなぁ」

うれしい誤算に、ギンの表情もほころぶ。

「俺達、生き残れるかもな」

ギンの言葉に、二人のアグニーは神妙な面持ちで頷く。

命からがら逃げてきた森は、食物をもたらしてくれた。

あきらめていたカラスやトロルが無事に自分達を追ってきてくれた。

これで、喜ばないモノはいないだろう。

生き残れるかもしれない。

その言葉は、今のアグニー達にとっては希望の重みのある言葉だ。

「さあ、早く解体して、みんなにも知らせてやるか」

未だにぐるぐると抱きあったまま回転している長老とハナコを横目に、ギンは再び鹿の解体をはじめた。

急に賑やかになったせいで作業がなかなかはかどらなくなってしまったのは、まあ、この際仕方ないだろう。


「まあ、とにかくそんなわけで。封印するときに大々的に言っちゃったから結界を解くときも同じようなことしたほうがいいのかなーとも思って」

「はぁ」

ようやく復活したアンバレンスに、赤鞘は曖昧に頷いた。

太陽神の復活というと大仰に聞こえるが、実際は過去の自分のイタイ行動でダメージを負っていただけだ。

とはいえ、心へのダメージはまさに神をも殺すレベルだった。

そういう意味では、さすが最高神といえなくもないが。

「でもそういうのってアンバレンスさんが決めるものなんじゃありませんか？　封印したのも演説したのもアンバレンスさんですし」

不思議そうに眉をひそめる赤鞘。

「いえね？　大々的に喧伝すると、何が起こるか読めないところあるじゃないですか。だから伝えるか伝えないか、この土地を管理する赤鞘さんに決めてもらおうかなーって」


もともと『見放された土地』は、街が出来るほど魅力的な土地だった。

港を設置すれば中継点としても使えるし、陸上の拠点としても利用価値が高い。

土地も本来非常に肥沃で、水もある。

海の近くではあるが地形の関係で津波にも縁が無く、地震もほとんど無い場所だ。

台風や雷なら多少はあるが、それでも地震と台風大国日本から見れば微々たるものだろう。

そう。

『見放された土地』は、魔力さえ戻れば恐ろしく有用な土地なのだ。

そんな土地を放っておいてくれるほど、国というのは甘いものではないだろう。

あれやこれやと土地の取り合いがはじまり、小競り合いが起こり、戦争に発展する可能性が非常に高い。

生物の欲望というのは、満ち足りることを知らない。

「はぁはぁ。なるほど」

赤鞘はコクリとひとつ頷くと、少し表情を険しくして上を向いた。

膝には相変わらず水彦が座っているため、考え込むのに向く方向としては上しかなかったからだ。

「別に喧言しなくてもいいんじゃありませんか？　こう、まだ荒れ地なわけですし」

「なるほどなるほど？」

「なんていうか、ある程度森として体裁を整えてからのほうがいい気がするんですよ。文化レベルにもよりますけど、荒れ地で暮らすのって大変じゃないですか」

「まあ、畑とか作ろうと思ったらそうなりますよね。動物も飼えないですし」

「なので、ひとまず結界だけ外しておいてですね。誰か来たらまだ準備中ですよ、みたいな」

土地の場合も準備中という言葉を使うかどうかは甚だ疑問だが、赤鞘の認識の中では実際そんな感じなので問題ないだろう。

赤鞘の言葉に、アンバレンスは頷く。

「と、いうことはまだ知的生命体は受け入れない方向ですか？」

「いや。あー。まあ、どうなんですかね。準備中ですよって伝えて、それでもいいならどうぞでいいんじゃありませんかね？」

「あー。でもそれだとすぐに色々来そうな気もするんですが」

難しい顔をするアンバレンス。

と、エルトヴァエルがおずおずといった様子で手を挙げた。

「あ、どうぞ」

赤鞘が促す。

「周りの大国の様子を見る限り、すぐに入ってくることはないと思います。むしろ、かえって警戒するかもしれません」

「へ？」

「なんでです？」

不思議そうな顔をする二柱に、エルトヴァエルは今まで集めてきた情報からの推測ですが、と前置きをして話しはじめた。

「この土地が封印される原因をつくった国は、自分達の国に天罰が降りかからないかと警戒していて、この土地に近づくことすら禁止しています。また、ある宗教国家では、封印したときと同じようにアンバレンス様が立ち入りを許可しない限り近づくことを禁止しています。さらに、エルフが治める国では、『罪人の森』は神々の罰の象徴としていますから、やっぱり近づくことを禁止しています」

分かったような分からないような微妙な表情で頷く赤鞘。

実際、四割は右から左へ状態だった。

一回聞いただけですべて理解できるほど理解力があったら、天界での学習でも苦労しなかっただろう。

あんまり分かっていなさそうな赤鞘を見かねて、アンバレンスは「要するに」と口を開いた。

「何も言わなければ、それぞれの国同士が牽制《けんせい》しあったり勘ぐったり深読みしたりして近づかないんじゃないか。ってこと？」

「はい。あくまで推測ですが」

そうは言ったものの、エルトヴァエルとしてはその考えは確信に近かった。

ほかにも理由や情報を挙げて説明してもよかったが、赤鞘が理解できるとは思えなかったのでやめた。

不敬とも取れるかもしれないが、この場合事実なので仕方ない。

「あー。じゃあ、別に伝えなくていいと思います」
一、二秒考えるそぶりを見せてから、赤鞘は神妙な面持ちで言った。
ちなみにこの一、二秒で赤鞘が考えたのは、自分が考えてもよく分からないしエルトヴァエルに任せればいいかな、というようなことだ。

思考の放棄ともいえるが、元武芸者で弱小土地神の彼にそういった難しい判断を迫るのは酷ともいえる。

そんな赤鞘の判断を、アンバレンスは眉をひそめて数秒精査した。

『見放された土地』は、かなり広い土地だ。

これだけの土地の開放を宣言せずによいものかどうか。

「ま、いっか。どうにかなるでしょ」

数秒考えた結果、アンバレンスは考えるのをやめた。

最悪、力技で解決すればいいやと思っていた。

大体、まじめで頭の良いエルトヴァエルの考えたことなんだから、きっと当たっているに違いないと思っていたのだ。

「では、結界外しますよ」

「お願いします。何か聞いた感じだと、誰もこの辺には来ないでしょうし」

アンバレンスが過去にやらかした内容から察するに、どこかの国がすぐにやってくることはないだろう。

そう、赤鞘は考えていた。

実際アンバレンスもそう予測しているらしく、うんうんと頷いている。

「ええっと。国は来ませんが、そのほかは来ているようです」

「「んん？」」

エルトヴァエルの言葉に、アンバレンスと赤鞘の視線が彼女に集まった。

首をかしげる二柱に、エルトヴァエルは目を凝らすようにある方向を見つめ、指差した。

「ええっとですね。この方向の結界沿いに、アグニー族が四十ほどいるようです」

「アグニー族が⁉」

驚いたのはアンバレンスだ。

丁度天界で赤鞘に電話をもらう直前、悪魔から報告を受けていた種族の名前が出てきたのだから、驚くのは当然だろう。

「なんでこんなところに？　いや、そういえばあの集落この近くか？」

顔をしかめて顎に手を当てるアンバレンス。

その様子を見て、エルトヴァエルはすかさず応えた。

「はい。もともと辺境と呼ばれる平原に住んでいましたから、ここから彼らの足で十数日の位置に村はありました」

「そうだったっけ。っていうかなんでエルちゃんそんなこと知ってるの」

驚いたように問うアンバレンス。

一瞬エルちゃんって誰だろうと思ったエルトヴァエルだったが、きっと自分のことだろうと推測した。

砕けた口調が常のアンバレンスは、天使や神にフレンドリーなあだ名を付けることで知られている。

実際は長ったらしい天使や神の名前を覚えるのが面倒臭いというだけなのだが、それはまさに神のみぞ知る事実だ。

「はい。この辺りのことは事前に調べてありますから」

当たり前のように応えるエルトヴァエルに、アンバレンスは「じゃあ」と質問してみた。

一体どのぐらい情報を集めているのか気になったからだ。

「最初にアグニーを襲ったのはどこか、とか分かる？」

アンバレンスとしては、襲った国の名前が出てくるぐらいだと思っていた。

だが、天使仲間の間で情報収集マニアとして知られるエルトヴァエルは桁が違っていた。

「森林都市メテルマギトの鉄車輪騎士団です。もともとは飛行艇を有する月光騎士団か、ドラゴンを有する赤竜騎士団が出る予定だったようですが、相手がアグニーであることから過剰戦力とみなされたようです。超低空と高高度から追い詰める作戦を立案したようでしたが、地上での戦闘経験の豊富な魔法剣士部隊である鉄車輪騎士団は確かに適任だったと思います。団長であるシェルブレン・グロッソ千人長は三十年前の戦の際にもかなり功績を収めた人物で、エルフ族の中では珍しく平地での用兵にも長けた人物です。地上走破能力に優れた獣に戦闘車両を引かせた戦車部隊を指揮しての今回の作戦は、大成功と言っていいでしょう。そもそも月光騎士団や赤竜騎士団は殲滅《せんめつ》能力は高いと思われますが、捕縛任務である今回の件では……」

「ごめんなさいもういいです。本当にごめんなさい」

事情を知っているのか確認しようと思ったら、アンバレンスよりも遥かに情報を持っていた。

資料を見るわけでもなく正確な情報をすらすらと並べるエルトヴァエルの、それが当たり前だといっているかのような表情が怖かった。

どうやら本当にこの辺り一帯のことを調べつくしたらしい。

「でもそうか。アグニー族がこんなところにね。そんなに追い詰められてたんだな」

「グルゼデバルさんが監視に入った頃から、仕方なくといった様子で『罪人の森』に入っています」

「本当にいろいろ調べてるのね」

引きつり笑いを浮かべるアンバレンス。

「あの」

おずおずといった様子で手を挙げたのは、赤鞘だった。

「はいはい？」

振り向いたアンバレンスに、赤鞘は至極真剣な表情で言う。

「ていうか、あぐにーって誰ですか」

一柱だけ、話についていけていない赤鞘だった。

第七章
虐げられた民

カラスのカージ、カーゴ、カーシチ。

それに、トロルのハナコが加わったことで、アグニー達の集団は一気に賑やかになった。

マークが担当していた小屋の設置も、ハナコの手伝いによって一気に片がついた。

何しろ素手で木をへし折り、足で地面を踏み固められる働き手が出来たのだ。

作業は急ピッチで進み、予定よりもずっと早く寝床の確保が終わった。

木の枝を交差させて立てかけ、その上に枯れ草を載せただけのものではあったが、地面を掘り下げ固めることによって外見からは想像できないほど快適な寝床になっている。

「ご苦労だったな、ハナコ」

ハナコにねぎらいの声をかけながら、頭をなでるマーク。

ハナコはうれしそうに鳴くと、体をさらにかがめてマークに頭を擦り付けた。

見た目は恐ろしいトロルだが、きちんと手さえかけてやればとても優秀なパートナーになるのだ。

「よし、それじゃあ、下に枯れ草とギン達が取って来てくれた鹿の毛皮を敷こう」

「「「はーい」」」

マークの指示に、子供達が元気よく応える。

みんな朝からずっと作業のし通しだったが、元気に振る舞っていた。

二度と会えないと思っていたカラスやトロルに会えたことがうれしかったのは、大人も子供も同じだった。

アグニー族では、カラスやトロルに餌を運ぶのは子供の仕事だった。

子供の頃から彼らとの絆《きずな》を作るためなのだが、そのこともあってだろう、彼らの姿を見た子供達は、一気に元気を取り戻していたのだ。

自分達の仕事をせっせとこなす子供達を眺めて、マークはうれしそうに笑った。

カラス達とトロルが合流したことで、アグニー達は難しい問題にもぶつかっていた。

トロルはどう隠したところで、アグニー達よりもずっと目立つ。

見つかりにくい屋根を作って仮住まいにするという計画は、この時点で破綻してしまっていた。

アグニー達がどんなに目立たないようにしても、トロルがいれば一発で丸分かりだ。

だからといって、彼らにはトロルを捨てるという考えはない。

仲間は決して見捨てない。

それはアグニー族にとっては当たり前のことだからだ。

今後のことを話し合うため、緊急会議が開催された。

招集されたのは、マーク、ギン、スパン、長老といった、主要メンバーだ。

「目立たないようにとなると、ハナコは地面に寝かせるしかないかなぁ。野生のトロルに見えるように」

「でもハナコは見た目が上品だからなぁ。すぐに分かるだろう」

ちなみに、アグニー族以外にトロルの上品さが分かる種族は存在しない。

トロル達でさえ分からないのだが、どういうわけかアグニー族には野生のトロルと飼育されたトロルとの違いが分かるようだった。

彼ら曰く、違いは「ビジュアルの上品さ」らしい。

「だよなぁ。やっぱり、屋根のあるところで寝かせてやりたいし」

皆、思いは同じらしく、うんうんと頷いている。

「こうなったら腹をくくって、ここに村を作るというのはどうだろう」

スパンのこの提案には、一瞬みんなが顔をしかめた。

なんといっても、ここは『罪人の森』なのだ。

抵抗は大いにある。

「でも、暮らしやすいのは確かなんだよな」

一人の言葉に、みんなが頷いた。

確かに『罪人の森』であるという一点を除けば、敵も追ってこないし、大型の肉食動物もいないので、実に暮らしやすい場所なのだ。

腕を組んで唸っていた長老は、おもむろに膝を叩いた。

その音に、全員の視線が長老に集まる。

「スパンの言うこともっともじゃ。みんな疲れておる。いつまでも放浪も出来ん。一時拠点を作るということならどうじゃろう」

「そうだな。カラスやトロルもいるんだ。労働力に不安はなくなったし」

「怪我人達の回復もさせてやらなきゃならないからな」

今のアグニー族の四分の一は、怪我人が占めていた。

今まで休ませてやれなかったせいだろう、彼らの怪我の治りは芳しくない。

「やっぱり床のある小屋があったほうが、治りもいいだろう」

実際、落ち着いて治療に当たらなければ、治るものも治らないだろう。

長老は腕を組みしばらく唸ると、顔を上げてみんなの顔を見回した。

「では、明日よりここを拠点にするために動くとしよう。まずは怪我人を治療するための小屋の設置じゃ」

「「「おお！」」」

長老の言葉に、アグニー達は拳を振り上げて応えた。

アンバレンスとエルトヴァエルは、赤鞘にアグニーについて説明をした。

種族の特性や、彼らの置かれている状況についてだ。

最初はぽへーっとした顔をしていた赤鞘だったが、アグニーの現在の状況を聞き、急に表情を変えた。

いつもの人の良さそうな顔から、すっと目を細める。

たったそれだけの変化でしかないのに、エルトヴァエルは一瞬言葉に詰まってしまった。

殺気とでも言えばいいのだろうか。

天使として一度も感じたことのない、首筋がちりちりするような感覚を覚えたエルトヴァエル。

だが、その使命感からか、説明を中断することはなかった。

「なるほど。虐げられた民、ですか」

話を聞き終わった赤鞘は、膝に座った水彦の手をぎゅっと掴んだ。

何事かと不思議そうな顔で、水彦が赤鞘を見上げる。

「その人達の意思次第ですが、この土地に受け入れましょう」

真剣な表情でそう言う赤鞘に、アンバレンスは思わず口の端を吊《つ》り上げた。

こうなるだろうとは思っていた。

何せ赤の他人を助けるために命を張って、死んでしまうようなお人よしだ。

事情を聞いてアグニーを放っておけるようなら、今ここで土地神なんてやっていないだろう。

と、そこで赤鞘の表情が歪んだ。

「しまった。そうか。こんな荒れ地に招いても食べ物も何も無いか」

確かに、今の『見放された土地』には食べ物どころかぺんぺん草一本生えていない。

受け入れることは出来るだろうが、養うことは出来そうもない。

エルトヴァエルも、赤鞘の言葉に表情を曇らせる。

「ああ、それなら心配いらんでしょう。もともと『罪人の森』も赤鞘さんの影響下に入れてもらうつもりでしたし」

「本当ですか?」

反射的に顔を上げた赤鞘の鋭い視線に、アンバレンスは思わず後ろに身をのけぞらせた。

表情が怖かったからだ。

「ホントホント。健康な土地があれば、土地の調整もある程度楽になりますしね。どうせ『見放された土地』と『罪人の森』ってセットみたいなものですし」

見る見るうちに、赤鞘の表情がほころんだ。

エルトヴァエルに向き直ると、身を乗り出す。

「エルトヴァエルさん、すぐにアグニーさん達のところに行ってください。この土地に定住する意思があるのであれば、お手伝いすると伝えてあげてください」

「あ。その前に結界取っ払っときます？」

軽い感じで言ったアンバレンスの言葉に、赤鞘は一瞬考えて口を開く。

「いえ。急に結界がなくなって警戒するとかわいそうですし。アグニーさん達と接触してからにしましょう」

「それもそうですね。じゃあ、その線でいきましょうか」

「分かりました。では、早速行ってきます」

エルトヴァエルは立ち上がると、背中の翼を大きく広げた。

そのまま地面を蹴り、アグニー達のほうへと飛び立つ。

その瞬間だった。

水彦はそれまで閉じていた目をパッチリと開けると、突然赤鞘の膝の上から飛び出した。

足を赤鞘の近くで踏みしめ、両手をエルトヴァエルに向かって突き出す。

そして、顔面を下に向けたまま、思い切り足と体を伸ばした。

所謂、ヘッドスライディングというヤツだ。

そのあまりにすばやく無駄のない動きに、赤鞘もアンバレンスもリアクションが出来なかった。

ただ呆然と、水彦の動きを目で追っている。

水彦は寸分違《たが》わぬ正確さで、中空にあったエルトヴァエルの足を掴む。

突然重さが加わったことで、エルトヴァエルはバランスを崩した。

離陸のときにバランスを崩すというのは致命的だ。

「ふぇ⁉」

エルトヴァエルは妙な声を出してわたわたと手と羽を動かすが、もう遅い。

躓《つまず》いたように顔面から地面へと墜落していった。

が、幸いなことに、そこには水彦の体があった。

水彦は体が水で出来ているため、ウォーターベッドのような弾力があるのだ。

「ふうぉっぷっ‼」

奇妙な声を上げ、水彦の上に倒れ込むエルトヴァエル。

丁度、水彦のおしり辺りに顔面がめり込んでいる。

おしりはほかの部位よりも大きい分、衝撃吸収力に富むし、水彦は骨がないので最高のクッションになっていた。

そのおかげでエルトヴァエルに怪我はないようだったが、心のほうが無傷とはいかなかったようだ。

水彦のおしりに顔を突っ込んだまま、機能停止している。

エルトヴァエルは奇妙な声を出して、躓くように落下した。

そして、そこには水彦がいる。

水彦は器用にエルトヴァエルの体を腕の中に、お姫様抱っこのような形で収めた。

驚きで目を白黒させているエルトヴァエルを他所に、水彦はぐるりと赤鞘達の方へ顔を向ける。

「ええっと。あ、そういえば情報伝達終わってましたね」

表情を引きつらせながら言う赤鞘。

水彦はコクリと頷いてみせる。

「おわったから、おれもあぐにーのところに、いこう」

どうやらエルトヴァエルと一緒に行くために、止めようとしたらしい。

「貴方それ、引き止めるにしてももう少しやりようがあるんじゃ……」

「おれ、あかさやとちかくきょうゆうしてる。だからべんり」

水彦のようなガーディアンとソレを創り上げた神は、一部の感覚を共有していることが多かった。

ガーディアンを使いとして各地に飛ばし、目や耳とするためだ。

水彦の場合は、創造主の意向からか、かなりの感覚を共有することが出来るようになっている。

それを知っていて、自分も行ったほうがいいだろうと提案したらしい。

「いや。うん。いいんですけど。もうちょっと方法があるんじゃ……」

なんともいえない表情で水彦とエルトヴァエルとを見る赤鞘。

重なり合って倒れる天使とガーディアン。

「ていうか、貴方何しに行くか分かってます？」

赤鞘がたずねる。

情報伝達が終わったのは、エルトヴァエルが飛び立とうとしたのとほぼ同時だった。

それまで水彦は意識を朦朧《もうろう》とさせた状態で周りのことを見聞きしていたことになる。

「ああ。だいじょうぶだ」

水彦は自信満々な様子で頷いた。

「あぐにーをたおせばいいんだな」

「……だめじゃん」

思わず口にしたのは、アンバレンスだった。

普段はボケ担当の太陽神に突っ込ませる。

ある意味、水彦は素晴らしい力を持っているのかもしれなかった。

天使とガーディアンがアグニーの簡易拠点を目指して出発した後。

赤鞘とアンバレンス二柱の神は、中空に浮いた画面を眺めていた。

これはアンバレンスが創ったもので、なんでも地上の出来事を映すモニタなのだそうだ。

空から見えるどの場所でも映すことが出来るというソレは、太陽から見た映像なのだという。

エルトヴァエルがいなくなったからか、アンバレンスは地面の上に寝転がり、ひじを立てて拳を枕にしていた。

この場にいるのが二柱だけだからだろう。

赤鞘とアンバレンスは天界にいる間にかなり親しくなっていた。

お互い立場は違うが、友人と言って差し支えない。

赤鞘達のいる位置からアグニー達のところまでは、エルトヴァエルと水彦が速さを優先すれば五分といったところだった。

だが、エルトヴァエルはあえて少し時間をかけて行くことにした。

突然空から何かが高速で接近してきたら、今のアグニー族は敵と判断してすぐさま逃げ出すと考えたからだ。

速度を犠牲にしても隠密性を重視して、間近に接近してから姿を現す。

隠密行動は得意だし、どんなに注意深い相手でも見つからない自信がある。

と、エルトヴァエルは言っていた。

「たとえ一国の国王が演説をしているときにでも、後ろからナイフを持って近づいてみせます」

ジョークとしてエルトヴァエルが言ったそんな台詞《せりふ》は、赤鞘達をマジ引きさせるほど説得力のある顔をしていた。

そんなわけで、今モニタには森の中を進むエルトヴァエルと水彦の姿が映し出されていた。

ただ見ているのもつまらないのだろう。

二柱はモニタを眺めながら、どうでもいい話に花を咲かせていた。

「赤鞘さん、サブカル系のものって結構好きじゃないですか。ゲームとか」

「ですねぇ。結構いろんなのやってますよ」

「その系統っていうとちょっと違うかもしれないんですが。プラモとかも得意そうだなって」

「いやぁー。興味はあるし、見るのは好きなんですけどねぇー。作るのは苦手なんです」

「そうなんですか？　なんか意外だなぁ。器用そうだから」

「全然ですよ。アンバレンスさん、絶対私より器用ですよ」

「赤鞘さんの土地の管理のしかた見てると、すごく器用そうに見えるんですけどねー」

「管理のしかた、ですか？」

「すんごく丁寧で、繊細じゃないですか。俺って、だてに力があるせいなんですかね。そういうのが苦手なんですよ」

「アンバレンスさんの場合、私みたいにちまちまやる必要がないじゃないですかぁ」

「力任せでどうにかなる事ならいいんですがね？　それだと結局、しばらくしたら元に戻っちゃったりするんですよ」

「そういうものなんですか？」

「そういうものなんです。それに、他の神に土地の管理とかを任せるとするじゃないですか。どうやってやればいいんですか、って聞かれたときに、答えられないんですよ」

「なるほど。アンバレンスさん自身は力技でやれるけど、それ以外のやり方がわからないから、教えられない。と」

「教えられないんですよ、実際。とはいえ、俺も最高神な訳で。そういう教育的な部分は大事じゃないですか」

「ですよねぇ。まぁ、でもアンバレンスさんが出来る必要ないんじゃありません？　誰か教えられる神がいれば」

「なかなかいないんですよぉー。っていうか、だからこそ赤鞘さんを連れてきた訳ですし」

「あー。え？　私、教育的なこともやるんですか？」

「ですです。っていうかその話しませんでしたっけ？」

「いやぁ、記憶に全然自信がないんですよねぇ」

「言ってましたねー、そんなこと。いや、でもその割にゲームのルールとか覚えるの早くありません？」

「そっち系は得意っていうか、ほら、意外と共通するルールみたいなのあるじゃないですか。そこからこう、関連付けられて覚えられてるんだと思います、多分」

「基礎知識の量が違うんですかねー。俺、案外ゲームのルール覚えるの苦手なんですよ。この間もアマテラスさんとすごろく系のゲームやってたんですけど。ルール理解するまでにボコボコにされちゃって」

「ありますよねぇー、そういうの。っていうか、アマテラスさんって。アマテラスオオミカミ様ですか⁉」

「そうそう、時々遊ぶんですよ」

「私からしたら、雲の上のお方ですよ。ゲームとかしてるところ、全然想像つかないですねぇー」

「結構気さくな方ですよ。よくゲームとかしますし。そう、赤鞘さんのこと聞いた時も、ちょうどゲームしてましたし」

「私の事なんて話題に上ったんですか」

「もうすぐ消えそうだけど、すごく腕のいい土地神がいるって。色々と腕前の噂《うわさ》は聞いてたんですが、実際見たらそれ以上でしたよ」

「いやぁー。またまたぁー」

「ホントですってー」

そんな感じで、二柱の神はエルトヴァエルと水彦がアグニーと接触するまでバカ話を続けていた。

幸か不幸か、そんな彼らを見ているモノは誰もいなかった。

もしいたとしたら確実に太陽神への信仰心は薄れていただろう。


『海原と中原』という世界は、力に満ち満ちた世界だ。

力の使い方を知ってさえいれば、規模の大小はあれ、誰にでも奇跡を起こすことが出来る。

妖怪に毛が生えた程度の力しかない赤鞘でも、すごいことが出来るのだ。

だが、それはあくまで使い方を知ってさえいればの話だ。

この世界の生物達は、長い進化の過程や経験の中で、赤鞘にとっての神力、この世界で言うところの魔力を使う術を得てきた。

この世界に外から来た赤鞘も生まれたばかりの水彦も時間をかけて使い方さえ覚えれば幾らでも奇跡を起こせるのだが、いかんせん今はそんな時間はない。

そんな赤鞘から知識を分け与えられたばかりの水彦が神力の扱いに疎いのは、当然の流れだろう。

そんなわけで、水彦は自分の足で森の中を駆けていた。

腕を組み上半身をほんんど動かさず、足だけを高速で動かしながら走り抜ける。

その水彦の頭上で、木々を縫って飛ぶのは、天使エルトヴァエルだ。

大きく美しい翼を巧みに動かし飛ぶその姿は、まるで未確認飛行物体のようだった。

空中で突然直角に曲がったり、垂直に上昇したり。

完全に重力とか慣性とかその他もろもろの法則とかを無視した飛び方をしている。

もちろん、翼だけで制御しているわけではない。

天使も神にまつわるものである以上、神力を使うことは可能だ。

つまり、エルトヴァエルの機動は、奇跡を使ったモノなのだ。

「なあ、えるとぱえん」

「エルトヴァエルです。どうしました?」

「このもりは、げんきがないな」

周りの景色を見ながら、眉をひそめる水彦。

言葉の意味が分からず、エルトヴァエルは首をかしげた。

そんな様子を見て、水彦はそうかとつぶやく。

「えろとヴぁんえるは、このせかいになれているんだな。あかさややおれからみれば、このとちはがたがただ」

「エルトヴァエルです。がたがた、ですか？」

やはり分からないというように、エルトヴァエルは難しそうな表情を作る。

水彦が言っているのは、地脈や力、気の流れといったもののことだ。

彼の記憶の中にある赤鞘が整えた土地に比べると、『見放された土地』も『罪人の森』も確かにひどい有様だ。

「まあ、これからはおれも、あかさやもいる。おれがどうりょうになったから、えんどぱんえろもあんしんだな」

「ですから、エルトヴァエルです」

すかさず訂正するエルトヴァエル。

水彦は自然の力と赤鞘の力が融合して生まれた、精霊よりもさらに上位の存在だ。

それも、赤鞘が加減無しで作り上げたせいで、並の天使より強い力を持っていた。

その事実に気が付いているのは、アンバレンスぐらいだろう。

だが、面白そうだからという理由で、赤鞘やエルトヴァエルには伝えていなかった。

恐らくそのことで後々いろいろな誤解を生むことになるのだろうが、アンバレンスとしてはそれを楽しみにしているふしがある。

はた迷惑な最高神だ。

そんな水彦であるから、実際エルトヴァエルと同列、それ以上のモノとして、赤鞘に仕えるものという括りから見れば確かに同僚といえるだろう。

エルトヴァエルはそんなことは知らないわけだが。

「そろそろアグニー達のいる集落に着きます。速度を落として、ゆっくり近づきましょう」

「わかった。おどかさないように、すればいいんだな」

こくこくと数回頷くと、水彦は速度を上げた。

「だから、速度を落としてください！」

一瞬あっけにとられてから、慌てて追うエルトヴァエル。

会って間もない同僚だが、今後はいろいろ苦労させられるんだろうな。

そんな予感に襲われるエルトヴァエルだった。


日はだんだんと傾き、太陽がそろそろ隠れようかという時間。

そんな時間になっても、アグニー達は忙しそうに動き回っていた。

日が暮れてしまう前にトロルの寝床を作ろうとするモノ。

みんなの食事を準備するモノ。

狩りの道具を手入れするモノ。

カラス達の傷に薬草を当てているモノ。

カラス達に○×ゲームで惨敗して地面にめり込んでいるモノ。

みんなそれぞれしていることは違ったが、森に逃げ込んだアグニーが全員その場にそろっていた。

「なんじゃ、あれは?」

その変化に一番最初に気が付いたのは、長老だった。

森のほうから、何かが高速で近づいてきていたのだ。

「なんだなんだ」

「なにごとだ」

わらわらと集まってくるアグニー達。

しかし、その何かは彼らが予想しているよりも遥かに早かった。

あっという間にアグニー達の簡易拠点の近くまでやってくると、空に向かって飛び上がった。

その動きの派手さに、アグニー達は思わず全員同じ顔の動きでソレを目で追う。

数十メートルを軽く超える跳躍を見せたソレは、そのまま落下軌道へと入った。

――あ、落ちてくる。

一瞬、アグニー達の思考がシンクロする。

――でも、別に誰にも当たらないみたいだし、もう少し見てよう。

簡易拠点の丁度中央辺りに向かって落下してくるソレを、アグニー達は口を開けて呆然と見ていた。

基本的にビビリだけど好奇心の強いアグニー達は、危険がないと判断したらしばらく観察してしまうのだ。

段々と地面へと近づいてくるソレが、どうやら人の形をしているらしいこと。

見たこともない服を着ていること。

なぜか腕を組んで、仁王立ちの姿勢であること。

そんなことが分かる頃には、その何かは簡易拠点の中央に轟音《ごうおん》を上げて落下していた。

そんな感じの音を上げ、何かが地面に落下した。

落下と同時に、地面がえぐれ土くれが舞い飛ぶ。

何人かのアグニーの顔面や体に土がへばり付くが、呆然とした彼らは微動だにしなかった。

出来上がったクレーターの中央にある物が気になって、それどころではないのだ。

落下してきたソレは無言で眉をひそめると、ぐるりと周りを見回す。

自分の体に泥が跳ねているのを見つけると、ソレを手で叩いて落としはじめた。

土が体に付いていたアグニー達も、ソレを見て思い出したかのように自分達の体に付いた土を払う。

もう土が付いていないのを確認すると、その何かは再び腕を組み、口を開いた。

「おれは、とちがみあかさやのつかい。みずひこ」

アグニー全員の耳に届いたその声は、決して大きかったわけではなかった。

まるで意識に直接溶け込んでくるようなその声は、念話であると言われれば納得してしまうほど自然に耳に入ってくる。

硬直するアグニー達に、水彦は「んん?」と首をかしげる。

そして、「おお、わすれてた」とつぶやく。

その瞬間。

水彦の体から、何かが溢れ出した。

アグニー達の目には、まるで水彦の体が光り輝いているように見えるだろう。

それまで閉じ込めていた、神にまつわるモノが纏《まと》うオーラのような物を、水彦は解放したのだ。

ちなみに、このオーラのような物の発散量は、水彦の方が赤鞘を大きく上回っていた。

この気配を感じてからアグニー達の動きは早かった。

まるで訓練された兵士であるかのように走り出し、水彦の前に並ぶ。

一番先頭には、長老の姿があった。

長老の表情は、それまで見たこともないほど真剣なものだった。

まるで流れるような動作で地面に両膝をつくと、これまた流れるような動作で両掌を地面についた。

そして、そのままおでこを地面にめり込ませる。

まるでソレが合図であったかのように、ほかのアグニー達も一斉に地面へ両手両膝額を擦りつけた。

「神様のお使いだー！」

「崇め称えろー！」

まるで印籠を持った水戸《みと》のお爺《じい》さんが突然農村に光臨したかのような有様だ。

「……なにこれ……」

森を抜け、ようやく水彦に追いついたエルトヴァエルは、目の前に広がる光景に驚愕していた。

真顔で仁王立ちをする水彦。

そして、その前に整列して平伏しつつ拝み倒すアグニー達。

「脅かすなって言ったのに……」

痛み出すこめかみを押さえながらつぶやくエルトヴァエル。

同僚ではあるが、水彦は生まれたばかりの赤ん坊のような物である。

後で拳骨《げんこつ》をしよう。

そう固く心に誓い、エルトヴァエルは上空から水彦の傍らへと降りていくのだった。

水彦に続き空から降りてきたエルトヴァエルの姿に、アグニー達はますますうろたえた。

「てててててんしさま!?」

もはや言葉すら喋《しゃべ》れなくなっているほど動揺しているモノもいた。

「とりあえず、とりあえず落ち着いてください。これでは話も出来ませんから!?」

引きつった表情でエルトヴァエルが宥《なだ》め、アグニー達はなんとか落ち着きを取り戻そうとする。

それでも全員ががちがちに緊張していて、何人かは今にも卒倒しそうなほど顔を真っ青にしている。

がくがくと震えているモノや、白目を剥いているモノもいた。

が、特に会話の邪魔にはならなさそうだったので、エルトヴァエルはもうスルーすることにした。

「この中の代表の方はどなたでしょうか」

「わ、わしでございますじゃぁ！」

エルトヴァエルの言葉に上ずった声で答えたのは、最前列で土下座していた長老だった。

さすがの長老も天使には会ったことがなかったらしく、ガッチガチに緊張している。

ちなみに、長老は今魔法を使っていない状態で、外見は十歳前後の子供のようだった。

乱雑に切られているものの、まるで金糸のようなプラチナブロンドの髪。

大きな目には大きな金色の瞳が輝き、まるで宝石のように輝いている。

ほっそりとした輪郭に、陶磁器のように白く滑らかな肌。

一言で言うならば、絶世の美少年だ。

アグニー族はある程度まで外見年齢が進むと、そこからぴたりと成長を止める。

そして、その姿のまま一生を終える。

その姿はなぜか、美少女美少年であることがほとんどだった。

「長老の、グレッグス・ロウでございますじゃ」

ぷるぷると震えながら、じじぃ言葉を使う美少年。

それが、エルトヴァエルと水彦から見た長老の印象だった。

「おまえ、こどもなのに、ちょうろうなのか」

険しい顔をして身もフタもないことを言ったのは、水彦だった。

「は、はいっ⁉」

長老は水彦の言葉にびくりと体を跳ね上げた。

心臓の辺りを押さえながらおどおどとしたような顔をしながらも、何とか説明するために口を開く。

「わしらアグニー族は、ほかの種族で言うところの子供の外見から歳《とし》をとらないのですじゃ。わしはこのなりで、五十一歳になるのでございますじゃ」

「ごじゅういっさいか。ほかのしゅぞくでいうと、どのぐらいになるんだ？」

「そうでございますのぉ。人間族で言いますと、百二歳。犬ですと二十歳。エルフ族ですと……何歳ぐらいなんじゃろう？」

どうやらエルフ族から見た年齢比を知らなかったらしい。

隣にいるアグニーにたずねる長老だったが、そのアグニーも首を捻っていた。

「ちょ、水彦さん。アグニーが困っていますから。彼らは人間の倍の速度で歳をとると思えば、間違いありませんから」

こそこそと耳打ちしてくるエルトヴァエルの言葉に、納得する水彦。

こくこくと頷いていたが、その首の動きがぴたりと止まった。

首をめぐらせ、長老のほうに目を向ける。

長老はびくりと体を震わせ、何事かと緊張した。

水彦は長老をしばらくじーっと見ていると、おもむろに口を開いた。

「じぃさん。ながいきしろよ」

「へ、へへぇ‼」

再び地面にひれ伏す長老。

「いえ、水彦さん、そうでなくてですね。話を先に進めたいんですが」

「ごめん」

ぺこりと頭を下げる水彦に、「いえ、あの、いいですから」と狼狽《ろうばい》するエルトヴァエル。

とりあえず咳《せき》払いで気持ちを仕切りなおし、話を進めることにする。

「貴方達アグニーの集落が襲われ、ここまで逃げてきたという事情は分かっています。大変な思いをしたことでしょう」

エルトヴァエルの言葉に、アグニー達が聞き入る。

水彦だと埒《らち》が明かないと早々に判断したエルトヴァエルが、ここは私が話しますと役を買って出たのだ。

「元の土地に戻り、本来の営みを取り戻すことは出来ないでしょう」

アグニー達の顔が、目に見えて暗くなった。

生まれ育った土地は、もう安全な場所ではない。

分かっていたことだが、改めてそれを天使から認識させられた衝撃は大きい。

「それでも、貴方達はこれからも生きていかなくてはいけません。ほかの場所に生きているはずの捕まった仲間の為にも。これから生まれてくる仲間の為にも」

たとえどんな状況になろうと、どんな過酷な場面だろうと、生きなくてはいけない。そして生きる為には、行動し決断をしなければならない。

「生きることを諦めない。貴方達の姿は、本当に素晴らしいです」

微笑むエルトヴァエルの姿に、アグニー達は涙を流す。

初めて接する天使がかけてくれた労《ねぎら》いの言葉は、彼らを慰めるのに十分だった。

頬を伝う涙を拭った長老は、再びエルトヴァエルへと顔を向けた。

表情を改めると、恐る恐るといった様子で口を開く。

「天使様。わしらは『罪人の森』に入ってしまいました。罰をお与えにいらっしゃったのでございますじゃろうか」

長老が口にした懸念は、アグニー達がずっと思っていたことだった。

どの国も、どの種族も、封印された土地や『罪人の森』に入ることを禁止していた。神の封印した土地に近づくことは、神の怒りに触れる行為だと思われていたからだ。

「確かにこの土地に近づくのは、危険かもしれません。ですが、禁止しているわけではありません。罰なんてありませんよ」

「そう、そうでございましたか！　よかった、よかった！」

心底ほっとしたように、長老は胸をなでおろした。

ほかのアグニー達も、安堵の表情を浮かべている。

少し間を置いてから、エルトヴァエルは再び話しはじめた。

「今日私達は、貴方達アグニーにある提案をする為にやってきました」

「提案、で、ございますか？」

首を捻る長老。

アグニー達の注目が集まるのを確認すると、エルトヴァエルは封印された土地のほうを指差した。

この場所は結界のすぐ目の前なので、広がる荒野がよく見渡せる。

「封印された土地を囲む結界は、消されることになりました。『見放された土地』は生き物の住まうことが出来る場所となるのです」

「なんと！」

これにはみんなが驚いて、長老以外のモノ達もそれを聞いてざわつきはじめた。

「ということは、あの荒れ地にも植物が？」

「広い土地になるのか……」

「そんな……じゃあ、もう結界にタックル出来なくなるのか⁉」

一部どうでもいい内容のものもあったが、概《おおむ》ね喜んでいる。

荒れ地に緑が戻ることは、猟師にとっても農民にとっても喜ばしいことだ。

「そこで、貴方達さえよろしければ、この土地に住んでみないかというのが、今回の提案なのです」

「住む。それは、定住ということでございますじゃろうか」

「そうです。もう貴方達の故郷は、安全な場所ではないでしょう。ですが、それでも何処《どこ》かに住まなければなりません」

ずっと放浪して暮らすことは出来ない。

何処か、安心して住める場所を探さねばならない。

それはアグニー達みんなが思っていたことだった。

いよいよアグニー達はざわめきはじめ、周りの者達と話し合いはじめた。

「暮らす、か。やっぱり元の村には戻れないよな」

「ああ。奴隷商や兵隊がいるかもしれないから」

「なあ、もう結界にタックル出来ないのか？」

「これから、どうすれば…」

「本当にここに住んでいいのか？」

ざわめくアグニー達を、長老は今度は止めなかった。

止め忘れたわけではなく、あえて会話をさせているのだ。

自分達の今置かれた状況を、みんなに再認識させる為に。

長老は少しの間目を閉じると、顔を上げてエルトヴァエルにたずねる。

「天使様。我らにこの土地に暮らさないかとご提案くださったのは、まさか神様方のどなたかなのでございますじゃろうか」

エルトヴァエルは静かに頷き、それを肯定する。

「はい。結界が消えた後、この土地を治めることになっている土地神。赤鞘様からのご提案です」

神からの直接の提案。

ざわついていたアグニー達はみな凍りつき、呆然と口をあけてエルトヴァエルに注目した。

言った本人である長老も相当驚いたのだろう。

がくがくと手を震わせ、言葉を絞り出す。

「おお……。なんということじゃ！　神様からお言葉を賜っただけでなく、土地に住まうお許しまで頂けるとは！」

感極まったのだろう。

長老は体を震わせると、地面に突っ伏して泣きはじめた。

皆、思いは同じなのだろう。

アグニー達は皆涙を流し、隣り合った者達と肩を抱きあったりしている。

「おお、そうだった」

しばらくぼけっとしていた水彦が、突然思い出したように口を開いた。

「このとちのふういんが、とかれるのは、ほかのやつらはしらない。だから、みんなこわがってちかづかない。ここにいるとすごくあんぜんだ」

水彦の言葉に、長老はますます感動する。

「なるほど、なるほど。確かにわしらは追われる民でございます。皆が恐れるこの土地ならば、安心して暮らしていけるのでございますじゃ」

「神様はそこまで考えてここで暮らしていいと言ってくれたのか！」

「きっと俺達がここに来たのも、神様のお導きに違いない！」

喜び合うアグニー達に、水彦は「それに」と続ける。

「わるいやつからとちのものをまもる。おれのしごとだ。おまえらがじゅうにんになったら、まもってやるぞ」

生まれたばかりにもかかわらず、自信満々な水彦。

とはいえ、そんなことを知らないアグニー達からすれば、神のお使いである彼のこの言葉は、どれだけ頼もしいだろう。

「分かりました。我らアグニー族は、この土地で暮らし、赤鞘様を信仰することをお誓いいたします。みな、それでよいな！」

いやだと言うものがいるわけもない。

アグニー族達は口々に、賛成の声を上げる。

「おお！」

「赤鞘様万歳！」

「これで、また畑がもてる！」

「賛成だとも！」

「がんばって、いい村をつくろうな！」

そんなアグニー達を見て、エルトヴァエルもうれしそうに笑う。

水彦も、何か感じるところがあったのだろう。

こくこくと頷きながら、アグニー達を見守っている。

そのときだった。

下草や落ち葉のある地面と、荒れ地の境目。

見えない結界のあるはずの地面が、きらきらと輝きはじめた。

小さな光の粒が、地面から沸き立つようにゆらゆらと上へと上っていく。

ゆっくりと少しずつ上昇するソレは、アグニーの膝ほどの高さまで来るとすっと消えてなくなる。

最初はひとつふたつ、時間をおいて立ち上っていたソレは、徐々に勢いを増していく。

瞬く間に立ち上った揺らめく光の壁。

それは荒れ地すべてをぐるりと取り囲んでいるらしく、アグニー達のいる位置からは、まるで光の道が出来たかのように見えた。

時間にすれば、ほんの数十秒だっただろう。

光の壁は、後には何の形跡も残さず消えうせた。

呆然とするアグニー達をよそに、水彦は森と荒れ地の境界線近くまで歩み出た。

森のほうから、荒れ地のほうへ向かって手を伸ばす。

手は森と荒れ地の間を、何の抵抗もなく通り抜けた。

結界があったはずの場所を、何の抵抗もなく。

水彦は自分の掌を広げてみてから、ゆっくりとアグニー達のほうへと振り返った。

「けっかいは、いまきえた。このとちの、さいしょのじゅうみんは、あぐにーだ」

少しの間、アグニー達はぽかんとした顔をしていた。

目の前で繰り広げられた光景に、目を奪われていたからだ。

幻想的な光景が落ち着き、アグニー達が我に返りはじめると、それぞれに声を上げはじめた。

「結界が消えたぞー！」

「はたけだ！　はたけをつくろう！」

「けっかいが！　けっかいがきえた！」

「もうタックルができないだなんて！」

「家も建てよー！」

「がんばろー！」

歓喜と絶望。

その両方が入り交じる奇妙な光景をまじまじと眺めながら、水彦が満足そうに頷いていた。

「みんな、うれしそうだな」

こうして、アグニー達のこの土地での生活は、第一歩を踏み出すことになった。


モニタを消したアンバレンスは、「よっこらしょ」と掛け声をつけて立ち上がった。

ぱちりと指を鳴らすと、その横にノブ付きの立派なドアが現れる。

「ずいぶん派手に演出しましたね」

苦笑交じりに言う赤鞘。

アンバレンスは心外そうに顔をしかめると、腰に手を当てる。

「ええ？　アレでもずいぶん大人しくしたんですよ？　オーロラとか出てないし」

「それやったらまた黒歴史になりますよ」

「ですよねー。って、またって何ですか、またって」

ひとしきり、二柱で笑い合う。

「大変なのはこれから、ですね」

「まあ、何とかしますよ。もともと消えるはずだった私みたいな神が、こんな広い土地を頂いたんですから」

土地に住む人間がいなくなった土地神は、どうなるのか。

もともと村の守り神のような存在だった赤鞘の場合は、忘れ去られて消えるのを待つばかりだった。

アンバレンスがたずねたときは、まだ赤鞘の神社のことを覚えている人間がいくばくかいて、それを縁に存在することが出来ていた。

だが、ソレもあと数年のことだっただろう。

だから、異世界に来るなどという無茶も出来た。

この『海原と中原』に来るときに、赤鞘は神としての性質を変化させていた。

『人々が住まう土地を守る神』から、『土地を守る神』へと。

人々からの信仰を集めなくても、存在することが出来る神へと変わることで、何もない土地へとやってきたのだ。

それでも、考え方や気持ちはまるで変わらない。

むしろ一度誰もいなくなることを経験したことで、より自分の守る土地に住まう者達への思いは強くなっていた。

そんなことを知っているのは、本人と、アンバレンスぐらいなのだが。

「では、俺はこれで。頑張ってくださいね」

天界へと繋がるドアを開け、アンバレンスはひらひらと手を振った。

「ありがとうございます。まあ、ぼちぼちやりますよ」

ドアの中へと消えていくアンバレンスを見ながら、赤鞘は微笑んだ。

日の入りと共に帰っていくあたり、なんとも太陽神らしいと感じる。

ばたんと閉まったドアは、とたんにまるで幻であったかのように赤鞘の目の前から消えた。

しばらくドアのあったところを眺めていた赤鞘だったが、正面へ向き直ると、「よし」と小さくつぶやく。

腰に差している鞘を引き抜くと、両手でしっかりと握り込む。

そして、力を込めて地面へと突き刺した。

自分の本体である鞘を地面に触れさせることで、より強く土地へと干渉できる。

「ぼちぼちやりますか」

赤鞘はひとりそうつぶやくと、早速土地の力の流れに干渉をはじめた。

第八章 見直された土地

土地の管理というのは、恐ろしく気力と根気を使う不毛とも思える作業だ。一度整えてしまえば、あとはある程度放っておいてもいいかといえば、そういうこともない。

たとえば木が一本生えたとしよう。

植物は調和や自然の代表のように言われているが、彼らはあくまで生物だ。自分の都合で生きているに過ぎない。

周りの気脈から自分に必要なエネルギーを吸い上げ、水を吸い上げ、土に根を張り土同士のネットワークを分断する。

そう、植物は存在するだけで、土地神の作り上げた力の循環を阻害するのだ。

土地の力を管理する土地神からしてみれば、厄介者だ。

とはいえ、土地に生きるものが植物に依存しているのは事実だ。

土地の繁栄のためにも、土地神は植物の存在を考慮した力の循環を作り上げなければならない。

植物の大きく広げられた枝葉、根を縫うように、作られていく力の循環。

だが、植物は常に成長し、そして、増えていく。

丹精込めて作り上げた毛細血管のように複雑な力の循環経路が、次々に遠慮なく伸び続ける植物によって分断される。

力の循環は地面の下だけで行われているわけではない。

空にもその流れはある。

ソレすら、植物達は枝葉を広げることで無遠慮に蹂躙《じゅうりん》するのだ。

力、それ自体も厄介だ。

一口に力といっても、水脈や気脈など何種類も存在する。

まだ人間が見つけてもいない力もいくつか存在する。

それら自体ひとつひとつ性質が違い、放っておくと拡散したり収束したり、まったく別のところに勝手に移動したりする。

ある程度流れを整えても、しばらく放っておくと勝手に動き出してしまう。

つまり、土地神という仕事には終わりがない。

完璧を求めようとすれば、一年三百六十五日一日二十四時間、一切休むことは許されないのだ。

そこそこ、まあまあ、普通といった平均的な評価を得ようとしても、月休二、三日二十四時間勤務が必要になる。

人間だったら発狂しているかもしれない。

だからこその神の御業と、言えなくもないのかもしれないが。

そんなわけで、土地の管理というのは恐ろしく面倒臭く大変で、そのわりにやって当たり前という評価を受ける非常に辛い仕事なのだ。

あまり熱心でないという『海原と中原』の神々がサボりたくなるのも、赤鞘的には分かる気がした。

むしろよほどの思い入れがない限り、土地神なんて仕事は出来るものではないのだ。

昔、神無月に出雲で酒を飲んでいるとき、同じ土地神仲間の一柱が「頭に来たから森、焼き払ってやった」と若干ヤバメな笑顔で言っていたこともあった。

その後、黙々と土地の管理をしている姿は、なにか心を病んでいるように見えて若干引いたのを覚えている。

それでも、日本の土地神達は基本的に土地を放り出すなんてことはない。

土地に生きるものが好きだし、土地が好きだからだ。

黙々と、永遠と、地味で見栄えがしなくて評価されない仕事をひたすらに続けるその姿は、日本神特有のものだろう。

良い言い方をすれば、仕事熱心。

悪く言えばワーカーホリック。

赤鞘のいた地方でも土地神の仕事に熱中するあまり、一年に一度の休みである神無月にも関わらず土地にこもり続ける神が何柱もいた。

かくいう赤鞘も、その一柱だったことがある。

これが終わったら、これだけやったら、もう少しだけ。

そうやって、一年三百六十五日働き続けていたものだ。

土地土地土地、一にも二にも土地の管理が第一。

これが人間であれば、一生結婚なんて出来ないだろう。

もし結婚していて伴侶に「私と仕事どっちが大事なの！」と聞かれたら元気よく「仕事‼」と答えるレベルだ。

そんな日本神の一柱である赤鞘にとって、この世界の土地はとても許容できるレベルではなかった。

ごく一般的な感覚の人が、ごみ屋敷で暮らすのを余儀なくされている感覚だろうか。

結界が解かれ、土地に直接鞘を差したとき改めて土地の状態を見た赤鞘は、思わずうめき声を上げた。

早速力の流れの改善に取りかかったものの、あまりの酷さにどこから手をつけたものか頭を抱える。

それでも何とかするほかない。

逆境に立てば立つほど、困難な仕事であればあるほど燃えるのは、日本神の特長のひとつでもあった。

だてに技術立国日本で神をやっていたわけではないのだ。

「半年……いや、いやいや。もう住民がいるんですから、三ヶ月？　待て、収穫とかどうなるんでしょう？」

しばらくぶつぶつとつぶやいていた赤鞘は、やおら顔を上げる。

「一ヶ月。最低でも一ヶ月ですね。それでここを最低限整備します」

固い決心を持ってつぶやいた。

ちなみにこの『見放された土地』だが、今までもきちんと管理はされてきていた。

特徴が特徴だけに、放っておくわけにもいかなかったのだ。

そんなわけで、月替わりで天界の神が管理はしていたため、『海原と中原』でもそこそこ高い力の循環の完成度となっていた。

が、それでも赤鞘から見たらごみ屋敷でしかなかった。

わざわざ異世界から赤鞘をスカウトしてきたアンバレンスの苦労が窺《うかが》えるところだ。

アグニー達のところから帰ってきたエルトヴァエルと水彦を出迎え、赤鞘はこれからのことについての緊急会議を開くことにした。

住民が出来た以上、これまで以上に土地の整備を急がなければならない。

とはいえ、土地の管理というのは一朝一夕でできるものではない。

いくら予定を急ごうが、仕事が雑になって後々問題になるようでは話にもならないのだ。

そこで赤鞘は「力の循環と森の回復は予定通りじっくりやりますが、畑のほうは急ぎでやります」という行動方針を決め、エルトヴァエルと水彦に宣言したのだった。

「畑のほうは急ぎ……と、言いますと。アグニー達に畑を急いで作らせるということですか？」

「いえ、作らせるっていうんじゃないですけど。きっと作るとは思いますから。リクエストをいろいろ聞いておかないと」

赤鞘の物言いに、エルトヴァエルは心の中で首をかしげた。

「リクエスト、ですか？」

「ええ。アグニーさん達が作る作物が何か分かれば、土壌改良もしやすいでしょう？　周りの植生なんかも今ならある程度変更できますし」

神が民に合わせる。

それは、これまでの『海原と中原』にはない感覚だ。

もっとも、これは仕方がない。

というのも実はこの世界には、そもそも土地神というものが存在しないのだ。

神が直接面倒を見る土地など、神域ぐらいしかない。

そういった場所は大体特別に管理された場所なので、住む住民も神官など、神に仕える存在に限られる。

もしエルトヴァエルが普通の天使であれば、「リクエスト」という赤鞘の言葉に、こんな疑問を持っていただろう。

なぜ、アグニー達に命令して作らせる、と言わないのか、と。

だが、エルトヴァエルは赤鞘の元いた世界のことも調べ上げる、情報狂だった。

すぐに赤鞘の意図を察して、頷いた。

「赤鞘様。この世界の神様方は、自分の領域に生きるモノはすべて自分の思い通りにする傾向があります。衣食住の形態まですべて」

「え？　そうなんですか？」

これには、赤鞘は目を点にして驚いた。

だが、すぐにこの世界と自分のいた世界の決定的な差を思い出す。

「ああ、そうか。干渉が自由ですもんね」

赤鞘のいた世界では、人間への直接干渉はほとんど禁止されていた。

やむを得ない場合を除き、声をかけることすらない。

それに対し『海原と中原』では、ほぼ自由に干渉することが許されている。

もっともそれはほとんどの神が人間などに興味がないか、自分が直接声をかけるに足る存在だと思っていない為なのだが。

そのため、赤鞘のように「住民に寄せていく」のではなく、「住民が全力で神様を崇め奉る」のが当たり前とされている。

「えー。でも私は、アグニーさんがのびのび暮らしてくれるほうがうれしいんですけど」

苦笑交じりに、赤鞘はそう言う。

赤鞘にとっては、崇め奉られることよりも住民が自分達の好きなように暮らすほうが何倍も大事なのだ。

自分の世界の神にはないそんな考え方を持つ赤鞘に、エルトヴァエルは違和感を覚えた。

だが、ソレは不快感ではない。

むしろ好感だった。

「はい。私もそう思います」

にっこりと微笑むエルトヴァエルの様子を見て、赤鞘は安心したように頷いた。

「まあ、私自身妖怪に毛が生えたようなものですし。向こうと同じようにやりますよ」

「あぐにーたちは、どっちがいいんだろうな」

「……ん？」

水彦の言葉に、赤鞘の表情が固まった。

「あぐにーはこのせかいのなまものだろう。ここはあかさやのとちだっていった。ということは、ぜんぶきめられるとおもってるんじゃないか」

「……ああ！」

赤鞘の顔からさっと血の気が引いた。

「えー。いや、そうか。そりゃそうですよね。こっちではソレが常識ですし、あー」

わたわたと手を動かし、頭を抱える赤鞘。

「これ、あー。どう、どうすればいいんですかね？」

こういうときのエルトヴァエル頼みだ。

「早めにこちらの意思を伝えたほうがいいと思いますが。彼らも供物などを用意しなければいけないと思っているでしょうし」

「くもつ？　ですか？」

「はい。あ、そうです。この世界の常識として、神域に暮らすモノは大量の供物を納めます」

「神域、って、神域ってなんですかそれ。この辺そんなすごいところなんですか？」

引きつった表情の赤鞘。

ここで、エルトヴァエルは最大の勘違いに気が付いた。

「この世界では、神域や聖域以外で神が直接土地を管理することはほとんどありません。それこそ聖域のように例外的に、神が治めている土地はあるにはありますが、そういったケースは本当に稀《まれ》です。そういった場合、神がその土地に強い思い入れがある場合が多いので、強い加護を持つことがほとんどです。なので、そういった土地は神聖視され、聖域や神域などと呼ばれるようになります。当然、その土地に暮らすものは喜び、その神を特別に奉る訳です。」

エルトヴァエルの言葉に、赤鞘はなんともいえない顔をする。

自分の感覚との違いに驚愕しているのだ。

「それってつまりアグニーさん達が一族総出で神主や巫女《みこ》さん的なことをするとかそういう流れに……?」

「そう思っていると、思います」

「えええぇー……」

ドン引きした表情でつぶやく赤鞘。

そのあまりの引き具合に、エルトヴァエルは苦笑した。


神域や聖域。

そういったものは赤鞘には荷が重すぎる。

誤解は早いところ解いたほうがいいということで、早速、水彦がアグニー達のところへ派遣された。

夕食を終えたばかりだったアグニー達は、帰ったはずの神の使いである水彦が自分たちのところに舞い戻ったことに度肝を抜かれる。

早速、主だった面子《めんつ》が集められて、焚き火を囲んでの会議が開かれた。

緊張するアグニー達を前に、水彦は赤鞘の意思を伝える。

「あかさやは、ここを、しんいきとか、せいいきにするつもりは、ないみたいだ」

水彦の言葉に、アグニー達は大きくざわめいた。

『海原と中原』において、神がいる土地は必ず神域や聖域と呼ばれ特別な土地になっている。

そこに住むものは沢山の供物をささげ、神様のために働くのだ。

「だからあかさやのために、はたらくひつようはない。くもつも、とくにいらない。あ、ほんのすこしくれたら、うれしいっていってる」

水彦の口から出た言葉に、アグニー達はもう一度大きくざわめく。

「そんな、じゃあ、普通の村を作っていいんですか⁉」

「なぁ、くもつってなんだ？」

「なんか、神様におそなえするもののことだよ」

「あー」

アグニー達がそれぞれに話し合ってるのを眺めながら、水彦は静かになるのを待つ。

ひとしきりそれぞれの相談が終わったらしいのを見ると、次の言葉を伝える。

「あかさやは、とちをまもるだけのかみだ。だから、みんなふつうにくらして、ふつうにしあわせになってくれればいい。そのためのてつだいは、できるだけするっていってる。もちろん、おれもてつだうしな」

それを聞いたアグニー達は、強い衝撃に襲われたように反応を示した。

中には、そのまま地面に突っ伏して泣き出すモノもいる。

「ありがたいことじゃぁ！　ありがたいことじゃぁ！」

「こんなにいい神様のところで暮らせるだなんて！」

「よかったなぁ、ほんとに！」

「ああ、がんばっていい村を作ろう！」

泣き、笑い、歓喜するアグニー達。

その喜びは、『海原と中原』に住む彼らにとっては、当然のもの。

神様が管理する土地で、好きなように暮らしていいというのだ。

それはこの『海原と中原』に住む、どんな種族でも望んでやまない、いや、想像すらしないような恵まれた環境だ。

それぞれに喜びを分かち合うアグニー達を前に、水彦は満足そうに頷いた。

そこでふと、もうひとつ伝えなければならないことを思い出し、口を開く。

「あかさやはちからがないから、けっかいはもうできないそうだ」

「うわああああああ！」

「タックル！　タックルは出来ないのか！」

「ぜつぼーだぁー！」

「もー二度とタックルが出来ないだなんて！」

「けっかい！」

それまでの歓喜の色が、一瞬にして絶望へと様変わりする。

喜怒哀楽をすばやく表現する。

それは、アグニー達の特長のひとつだった。

阿鼻叫喚《あびきょうかん》と化したアグニー達を前に、水彦はどこか満足そうに頷いた。

なんとなくではあるが、水彦はアグニー達のリアクションを予測していたのだ。

ある意味適応力が高く、優秀といえるのかもしれない。

しばらく放っておくと、アグニー達は徐々に落ち着きを取り戻しはじめた。

一通り絶望したら、すぐに復活する。

これも、アグニー達の特長のひとつだった。

アグニー達がとりあえず落ち着きを取り戻したところで、水彦は赤鞘に聞くように言われていた質問をすることにした。

「おまえら、はたけになにうえるんだ？」

「畑に、で、ございますか？」

水彦の質問に、長老は首をかしげた。

何でそんなことを聞くのか、よく分からなかったからだ。

「おお。あかさやがいうには、はたけにうえるものによって、とちのちょうせいがちがうんだそうだ」

「土地の調整？　ま、まさか、わしらの作物に合わせて、土地を調整してくださるということでございますじゃか？」

「そうだ。あたりまえだろう。あわせたほうがそだちがいいしな」

ぷるぷると震えている長老に、水彦は頷いてみせた。

赤鞘の知識を受け継いでいる水彦にとっては当然のことではあったが、この世界の生き物であるアグニー達には凄まじいことだ。

「ななな、なんて恐れ多い……！」

長老と同じく震えているのは、中年アグニーのスパンだ。

彼も長年生きているだけあって、この世界の常識に則《のっと》ったものの考え方をする。

歳をとっているほど、経験に則ってものを考えるのは、人間もアグニーも同じだ。

もっともこの場で一番若いアグニーも顎を外しそうなほど口を開けて驚いているところを見ると、ただ単に赤鞘がこの世界の常識から外れすぎているだけのようではあるが。

「ああ。それと、おまえらしゅしょくはなんなんだ？」

「主食でございますか？　ポンクテでございますが」

ポンクテというのは、この地方では比較的ポピュラーな芋の一種だ。

多年草で、ツルに生《な》るムカゴを食べる。

ムカゴというのは芋類のツルに生る小さな実のようなもので、ジャガイモのようにそれだけで芽が出て根っこが出る。

いわば、地上に出来る種芋だ。

「そうか。いもなんだな。でもそのいも、このもりにはえてないぞ」

ポンクテは麦や米のように、食用に品種改良された芋だ。

人里離れたここでは、手に入れるのは難しいだろう。

「そうでございますのぉ。まあ、しかたのないことでございますじゃ」

「うんうん。ん？」

頷いていた水彦が、急に顔を上に上げた。

水彦は赤鞘と感覚を共有しているので、遠く離れていても赤鞘と会話することが出来る。

どうやら今、赤鞘から声をかけられたようだ。

何度か上を見上げて頷くと、水彦は長老に向き直った。

「あんどばんえろが、そのいももってるみたいだ。あしたもってくるから、さっそくはたけにまくといい」

「エルトヴァエル様がでございますか！」

「神様が俺達にポンクテをお分けくださるというのか！」

なぜ「あんどばんえろ」で通じたのかは不明だが、アグニー達は大いに喜んだ。

もう手に入らないと思っていた作物を、また作ることが出来るのだ。

しかも、神様から授けられるという。

この世界にそれを喜ばない民はいないだろう。

「あー。えんでぼえろが、ひんしゅはなにがいいかきいてるぞ」

「品種と申しますと。いろいろ用意してくださっているのでございますか⁉」

米と同じく、ポンクテにもいろいろな品種があった。

それぞれ味が違うそうで、種族や地域によって育てている品種は微妙に違う。

「わしらが育てておりましたのは、ハラピカリでございますじゃ」

ハラピカリという品種は病気に強く味は良いものの、水の管理が難しいとされている品種だ。

比較的土地を選ばず育つものの、水を与える量が少ないとムカゴが少なくなるなど、悩ましい品種である。

水彦は再び上を向くと、何度か頷いて顔を戻す。

「はらぴかり、あるそうだぞ。あしたもってくるっていってる」

「「「おお……！」」」

アグニー達がどよめく。

もともと農業を得意としている種族であるアグニーにとって、これ以上ないほどうれしい知らせだった。

早速、今後についての話し合いがはじまる。

「そうなると、畑を作る場所も考えないとな」

「封印されていた荒れ地は、これまで植物も生えていなかったはずだから何があるかわからない。畑は森側に作ろう」

「じゃあ、家は荒れ地のほうに作ろう。ハナコに地面を固めてもらえば、すぐにも取り掛かれるぞ」

「その辺はマークに任せるとするかのぉ」

「ああ。予定通り、けが人達の為の家を建てるのを急ごう」

「みんな、じべたでもへいきそうにねてるけどな」

ぼそりとつぶやいて、マーク達が作った屋根のほうを見る水彦。

視線の先には、子供達と怪我人、老人達が寝ている姿があった。

普通、森の中で寝るときは、毒虫や蛇などに気をつけなければいけない。

特に地面に寝るときは、警戒が必要だ。

アグニー達は野草の知識が豊富なようで、燃やすと虫よけになる薬草などを寝床の周りで焚いていた。

これは虫にとっては嫌な臭いではあるが、アグニー達のような人類種にとっては心休まる香りであったりする。

疲れもあるし、その香りの効果も手伝っているのだろう。

みんな気持ちよさそうに寝ていた。

「地面は固くて、寝苦しいからなぁ。早くゆっくり休めるところを作ってやろう！」

「ひかくてきしあわせそうなねがおだぞ」

水彦的には快適そうに寝ているように見えるのだが、アグニー達にとってはそうでもないらしい。

「うーん、もうたべられないよー」などと言っているモノもいるのだが、あれはあれで苦しんでいるのか。

と、水彦はまたひとつ賢くなった気がした。

「で、ギンはどうする？」

「俺はカラス達と一緒に、狩りに出るよ。あいつらがいれば心強いからな」

ギンが指差した先には、カラス達が木で組み上げた巣の中で身を寄せ合って眠っている。

夜目の利かない彼らの就寝時間は、アグニー達よりもずっと早い。

やっと主人達に会えて、安心したのもあるかもしれないが。

「では、わしも狩りのほうに行くことにするかのぉ。スパンは畑、マークは建築をよろしくのぉ」

「「「おお！」」」

長老の言葉に、アグニー達は拳を振り上げて応える。

そんなアグニー達を水彦はきょろきょろと見回し、遅れて「おお」と拳を上げた。

「ところで水彦様。お聞きしたいことがあるのですが」

手を挙げたのは、マークだった。

「なんだ？」

拳を振り上げたままの水彦に、マークは真剣な表情を作ってたずねる。

「この土地は、なんという名前になるのでしょうか」

「んん？　みはなされたとちと、つみびとのもり、だろう？」

マークの質問に、水彦は首をかしげた。

赤鞘から得た知識でも、そのような名前になっている。

幾ら記憶力がお粗末な赤鞘でも、自分の担当する土地の名前を間違えることはないだろう。

「はい。ですが、もう見放されていませんから」

「おお」

マークの言いたいことに気が付き、水彦は手を叩く。

神々に見放されたから、『見放された土地』と呼ばれるようになったのだ。

ならば、赤鞘がいる今、その名前はふさわしくない。

マークの言葉に、ほかのアグニー達も賛同する。

「確かに。もうそんな名前じゃダメだな」

赤鞘と繋がった感覚から考えるに、どうやら向こうも慌てているようだった。

急にそういう話が振られると思っていなかったらしい。

「では、ここは赤鞘様に名前を付けていただくというのはどうじゃろうか」

「そうしていただこう！」

「赤鞘様の土地に、赤鞘様のお考えになった名を！」

長老の提案に、アグニー達は盛り上がる。

「わかった。つたえる」

水彦は顔を上に上げ、赤鞘に「なまえかんがえろ」と伝える。

すぐに「ちょっと待ってください」という返事が赤鞘からきて、水彦がアグニー達にもそう伝える。

期待に胸を膨らませるアグニー達。

神様が直接土地の名前を考えてくれることなど、そうあることではない。

『海原と中原』の歴史上でも、ほんの数回しかないことだ。

水彦の沈黙が続く分だけ、期待が膨れ上がっていく。

しばし続く静寂。

それを破ったのは、水彦がつぶやいた一言だった。

「みなおされたとち？」

それは、赤鞘が言って、今まさにエルトヴァエルが「ないと思います」と却下した名前だった。

赤鞘と繋がった感覚から流れてきたあまりにもいいかげんすぎる名前を、水彦は思わず口に出して言ってしまったのだ。

『見放された土地』から、『見直された土地』へ。

いくらなんでも本気ではないだろうと思った水彦だったが、どうやらそれでいけると思っていたらしい赤鞘は、向こう側で大いに動揺している様子だった。

赤鞘はアホなんだな。

そう思っていた水彦だったが、周りでは予想外のことが起こりはじめた。

「『見直された土地』……！」

「なんて素晴らしい名前だ！」

「この土地は、神様がまたおいでくださった、まさに『見直された土地』だ！」

「見直された！　見直されたんだ！」

「神様が見てる！」

「わしらは、『見直された土地』の住民じゃぁ！」

アグニー達には、大好評だった。

どうやら単純で分かりやすいほうが、彼らには受け入れやすいらしい。

「あぐにーたちも、あほなんだな」

この神にして、この住民あり。

ある意味、お互いお似合いなのかもしれない。

そんなことを考えながらも、水彦は楽しそうに騒ぎ踊るアグニー達の輪に入り、自分も踊りはじめた。

水彦は未だに感情が上手く発現していないらしくむっつりとした表情だったが、どうやら踊るのが楽しそうに見えたようだった。

その後、結局赤鞘は新たな名前を思いつかず、アグニー達もその呼び方を気に入ったことから、土地の名前は『見直された土地』で最終決定した。

報告を受けたアンバレンスが、腹筋が筋肉痛になるほど笑い転げたのは、次の日の朝だったという。

第九章
再生と邂逅

直立四足歩行で、非常に脚が長く、ヒレの代わりに蹄《ひづめ》を持ったカモノハシ。

それが、「アグコッコ」の姿だった。

アグ、という響きで気が付く人もいるだろうが、アグコッコはアグニー族に属する動物だ。

卵を産み、肉もおいしいアグコッコは、アグニー達にとっての「ニワトリ」なのである。

集落が襲われた際、アグコッコのほとんどは、メテルマギトからの攻撃や破壊された建物の瓦礫《がれき》に巻き込まれた。

小屋の中や柵の中で飼われていたので、仕方ないだろう。

しかし、いくらかのアグコッコは、奇跡的に逃げ出すことに成功していた。

燃える家屋の間を縫い、押し寄せる敵から逃げ切り、野生動物から隠れて『罪人の森』近くの平原にまでたどり着いていたのだ。

そのまま野生化するかに見えたアグコッコ達。

だが、彼らを見つけ、一箇所にまとめ、外敵から守る存在がいた。

アグニー達の良き隣人、カラス達だ。

アグニー達を追って森まで来たカラス達は、実はこのアグコッコのことを知らせる為にやってきたのだ。

なぜアグコッコ達を森に連れてこなかったかといえば、危険を避ける為だ。

アグコッコは家畜種。

戦闘能力はほとんど無い。

二十羽ほどいる彼らを守りながら、森の中をアグニー達を探して動き回る。

それは、いくら何でも危険すぎる。

カラス達のリーダー、カーイチはそう判断したのだ。

生き残っていたほかのカラス達三羽は、カーイチの指示でアグニー達を森の中で探し回っていた。

野生のカラスからの情報でアグニー達が森に入ったと知ることができたのは、カラス達にとってまさに幸運だっただろう。

夜が明け、カーイチはアグコッコ達に水を飲ませる為、アグコッコ達を水辺へと誘導しはじめた。

この辺りで水を飲めるところは、川沿いしかない。

多くの動物が集まるそこは、大型肉食動物も現れる危険な場所だ。

だが、水を飲まなければアグコッコ達が死んでしまう。

たった一羽、周りを警戒しながらアグコッコ達を誘導するカーイチ。

その耳に聞こえてきたのは、懐かしい自分の主人の声だった。

「おーい！　おーーーい‼」

アグコッコの上空を飛んでいたカーイチは、すぐに声のするほうへ目を向けた。

猟師のギンが、手にした剣を大きく振っている。

飛び跳ねて、両手を振って。

その目は、間違いなくカーイチのことを捉えていた。

青空の中で自分の体の色が目立って見えることを、カーイチはよく分かっていた。

だから、大きな声を出して知らせる必要はない。

一声、ギンのほうを向いて鳴く。

アグコッコ達が一瞬びくりとするが、すぐに落ち着きを取り戻し水辺へ向かって歩きはじめた。

カラスの声に、アグコッコ達は敏感に反応するように調教されているのだ。

きちんと水辺へ向かうのを確認し、安心したカーイチ。

再び、今度は冷静にギンのほうに目を向けた。

森の木々の間から、大きな黒いモノが出てくるのが見えた。

アグニーの長老をおんぶしたそれは、トロルのハナコだ。

ハナコが無事だったことを、カーイチはこのとき初めて知った。

よかった。ハナコがいれば、アグコッコ達は無事にアグニー達のところへ行ける。

見れば、ハナコの掌の上には、三羽のカラスが乗っている。

アレは、カージ、カーゴ、カーシチだ。

無事に三羽とも、アグニー達のところに行き着いたのだ。

そして、無事に彼らをここに連れてきてくれた。

ほっとするのと同時に、カーイチは強烈なめまいに襲われた。

襲撃を受け、草原へ逃げて、何とか自分の身の安全を確保してから、アグコッコを見つけた。

カーイチは、アグコッコを見つけてからずっと寝ていなかった。

夜、鳥であるカラスは目が利かない。

だから、少しでも早く危険を察知する為、一番機転が利くカーイチが耳を凝らして寝ずの番をしていたのだ。

三羽と一緒にアグコッコ達を見つけるまでは、まだ彼らもいたから気も抜けた。

だが、彼らをアグニー探しの為に出してからは、片時も気が休まるときはなかった。

だけど、もう大丈夫だ。

カーイチは心のそこから安心していた。

頼れる主人であるギンも、アグニー達の頼れる相棒であるハナコも、生き残った仲間の三羽も無事だった。

最初は足が痛くて飛ぶこともままならず、どうなる事かとひやひやした。

何とかくちばしで傷口を押さえ、血は止まったものの、今でも片足は動かなかった。

ソレが原因でアグコッコ達に怪我でもさせることになったらと心配していたが、彼らが来た以上もうその心配もないだろう。

ああ、きっと安心したから、急に眠気がきたんだな。

カーイチはとても賢いカラスだった。

ずっと寝ていなかったのと、怪我と、疲れが原因で、めまいが起こっているのが分かっていた。

羽から力が抜け、ゆっくりと体が降下していく。

たいして高くない所を飛んではいたが、そのまま落下したら無事ではすまない。

朦朧とする意識の中でも、カーイチは何とか翼を広げていた。

急にあさっての方向へ降りていくカーイチに、ギンが怪訝な顔をしているのが見えた。

あの心配性の主人は、もしかしたら自分を見てあんな顔をしているのかもしれない。

ならば、もう少し元気なところを見せなければ。

カーイチは何とか力を振り絞り、もう一声鳴いてみせた。

意識は、相変わらず朦朧としている。

地面に近づいたところで、羽ばたこうと翼に力を込める。

しかし、思うように体が動かない。

まあ、仕方ない。

アグコッコは無事だし、ギンもハナコも、カラス達も無事だ。

きっとほかのアグニー達も無事に違いない。

よかった。よかった。何より、よかった。

何とか自分の仕事を終えたことに満足しながら、カーイチはゆっくりと目を閉じた。


天界にある執務机に向かい、アンバレンスは疲れ切った表情を浮かべていた。

苛立ったように頭をかきむしり、深いため息を吐き出す。

「最悪だよアイツら。状況分かってんのか」

「ため息つくと、しあわせが逃げてくんだって」

かけられた声に、アンバレンスは首だけを動かして振り向く。

そこにあったのは、見知った少女のような女神の姿だった。

明らかにサイズの合っていない眼鏡《めがね》に、ふわりとした金色の癖っ毛。

服装は、サスペンダーで吊った半ズボンにワイシャツ。

まだ幼さが残るような年齢に見えるのだが、妙に豊満な体躯《たいく》をしている。

胸元には安全ピンで名札が止められていて、わざとらしい妙に下手なカタカナで「ゴッドソング」と書かれていた。

幼さと妖艶さを併せ持った、思わず見とれるほどの美貌は、女神故のものだろう。

ただ、その服装はコントとか何かで使う衣装のようなチープさがあった。

着るものと衣装のちぐはぐさが、奇妙な違和感を見る者に与えている。

声の主を確認したアンバレンスは、露骨に顔をしかめた。

「なんだよ」

「なんだとは、なにさー。ほれほれ。美しき女神様のご尊顔だぞ。おそれうやまいたまえー」

少女は自分の頬を指で突っついてみせる。

地上に生きる人族などであれば、思わず見ほれるような顔ではある、のだが。

アンバレンスの反応は実に冷たいものだった。

「お前が歌声の女神様なら、俺は太陽神様だぞ。カリエネス」

歌声の神カリエネス。

それが、少女のような女神の名であった。

「ていうか、なんだゴッドソングって。神歌になるだろそれ。間違ってるぞ」

「いーの。そのぐらい抜けてる方が親しみやすそうでしょ？　そういうのがかーわいーのー」

カリエネスは名札をつまんで持ち上げてから、アンバレンスの顔を覗き込んだ。

「なになに、元気ないじゃん。なにか問題とかあった？　中原の連中が何か言ってきたとか」

この世界『海原と中原』の神々は、大きく二つに分けられた。

海原、つまり海にまつわる神々と。

中原、つまり大地にまつわる神々だ。

カリエネスが言った「中原の連中」というのは、大地にまつわる神々、と言う意味だった。

「にーやんが連れてきた神様、赤鞘ちゃんだっけ？　それが気に入らないー、とか。言われたん？」

「いや、中原の連中はそもそも興味すらないみたいだな。森関連の神々にしても、山関連の神々にしても。自分の守備範囲が落ち着いてれば大満足。ってな」

森や山、谷、砂漠。

そういった物には、それぞれを司る神々がいた。

日本の土地神と似たようなモノか、と言えば、実際は全く異なっている。

この世界の神々は、自分が司っているもの以外に、一切興味がないことがほとんどだった。

極論、自分の担当している場所が無事であるなら、周りが滅ぼうが興味がないのだ。山が消し飛んで盆地になろうが、川が干上がろうが、湖が山になろうが、どうでもいいのである。

日本でいう所の土地神は、周囲との調和を重んじていた。

周りの環境が有って、初めて自分の治める土地が成り立つ。

だからこそ、周囲に迷惑をかけないよう、常に気を配り続けるのだ。

すべての土地神がそれぞれに気を付けるからこそ、結果的に広い範囲が安定。

国全体が、平穏無事に治められているのである。

「でも、自分の担当してるところだけ見てればいい。ってのは、もう通用しないんだよ」

世界というのは、案外頑丈に出来ている。

神々が手を抜いて、少々管理をさぼった程度ではびくともしない。

この世界の創世神である、母神の腕が良かったのも理由だろう。

だが、「案外頑丈」というだけであって、絶対に壊れない、という訳ではなかった。

歪《ひず》みや歪みが蓄積していけば、やがて決定的な崩壊が待っている。

つまり、「世界が滅ぶ」のだ。

森や山、他に、砂漠。

一見何の繋がりもなさそうに見える土地と土地には、実際には綿密な関わりがある。

それらを司る神々が、そのことを忘れ、自分の治める物にしか興味を示さない、今のような状況が続けば。

「歪みが生まれ、歪みが蓄積して、世界が滅ぶ。跡形もなくな」

この場合の「世界が滅ぶ」というのは、「何もない無の状態に戻る」という意味だ。

神々が周りとの調和の重要性を忘れるというのは、そういった事態を引き起こしかねない、重大事なのである。

「なのに、中原の連中は赤鞘さんに興味すら持ってない。反感を持ってくれてた方が、まだいいぐらいだね」

「そんなもんなの？」

「まあ、赤鞘さんが土地神としてしっかり基盤を作ってくれたら、反応も変わるだろうけどな。今問題なのはそっちじゃなくて、海原の方だよ」

「海の神様達、ってことね」

「水底之大神《みなぞこのおおかみ》がお出ましあそばされたんだよ」

出てきた名前に、カリエネスは驚いたような声を上げ、目を見開く。

水底之大神とは、深海底を司る神の一柱であった。

海を通じ、世界の穢《けが》れを浄化する役割を担っている。

太陽神であるアンバレンスに次ぐ力を持っており、今この世界がぎりぎりでも成り立っているのは、水底之大神の尽力によるところが大きかった。

今この世界に残っている神々の中では稀有《けう》な、アンバレンスが全幅の信頼を寄せる神の一柱だ。

「水底のじっちゃま、なにかいってきたの？」

「じっちゃまが何か言ってきた、っていうか、周りがうるさいって報告してくれた感じだな」

「どんな風に？」

「赤鞘さんの土地って、海に面してるだろ。海原の連中、赤鞘さんの仕事が気になって仕方ないみたいなんだよ」

「それって、悪い方向で？」

苦笑しながらのカリエネスの問いに、アンバレンスは顔を歪めて頷く。

「赤鞘さんの仕事を見て、なんで好き勝手させてるんだ、って。苦情言ってきてるみたいでな」

「苦情？　文句言ってきてるってこと？　なんでさー」

カリエネスは両手を上げて、驚いたように目を見開いてみせる。

仕草を大袈裟《おおげさ》にするのは、カリエネスの癖だった。

「私、歌声の神様だから、土地の管理とかよくわかんないけど。赤鞘ちゃんが超絶美技だってのは、素人目《しろうと》にもわかるよ？　何が気に食わないのさ」

　実際、赤鞘の土地の管理能力は、この世界では稀有なものと言ってよかった。

　もっともそれは『海原と中原』では、の話であって、赤鞘に言わせれば、日本では皆やっていた、土地神ならできて当然のものでしかないのだが。

「何かをやってるから気に食わない、ってんじゃないんだろ。もう、赤鞘さんの存在そのものが気に食わないんだよ」

「そうなの？　なんで？」

「まぁ、色々あると思うけども。一つは、自分達より力自体は弱いのに、優秀だから。じゃない」

　今この世界に残っている海の神々、とりわけ若い神には、自尊心が高い神が多かった。

　自分達よりも力が弱いのに、最高神アンバレンスが異世界からわざわざ招いてきた土地神。

　それが、自分達の目と鼻の先でその業前を披露しているとなれば、どんな反応を示すかは火を見るより明らかだろう。

「何か問題を起こしてるから文句を言ってるわけじゃないわけだな。文句を言いたいから、文句を言ってるの」

「すんごい厄介なやつじゃん」

「そうだよ。だから、そういう声が上がってきてるって。まだ大事にならないうちから、水底のじっちゃまは俺に報告してくれたわけ」

水底之大神は、『海原と中原』が創られる当初からいた、最古参の神の一柱であった。

持たされた権能も力も、有数と言っていい。

当然、母神は新たな世界に、水底之大神も連れて行こうとしていた。

しかし、水底之大神は『海原と中原』の事を気にかけ、自分からこの世界に残ったのである。

思慮深く、懐の大きなこの神は、多くの神に慕われていた。

当然、海原の神々の大半が、水底之大神の元に集まる。

水底之大神はそんな神々をまとめ上げることで、世界を維持しようとするアンバレンスの手助けをしてくれていた。

こうして、海原の神々の声をアンバレンスに届けてくれているのも、その一環なのだ。

「正直、まだ海原の連中は赤鞘さんの事、気にしないだろうと思ってたんだが。反応が早い。早すぎる」

「早い分には、いいんじゃないの？」

首をかしげるカリエネスに、アンバレンスは「いや」と首を振った。

「赤鞘さん、マジで優秀だから。もう少ししたら、実績も結果も出してくれるだろうけど。今は、まだ何もそういうのがないだろ」

「土地の魔力の塊、上手く処理してたじゃん。すんごく丁寧なやり方だったよ。めっちゃキレイだったし」

「ほかの神でも、力技で出来なくはない事だからね。もっと、赤鞘さんらしい、この世界だと現状、赤鞘さんにしかできないっていう感じの結果が出てからじゃないと、困るんだよ」

「えぇー？　なんでさぁ」

「赤鞘さんの仕事を邪魔されるから。まだわかりやすく大きな結果が出てない以上、文句を付けられたら最悪、仕事が止まるんだよ」

「なーるほどねー。それは最悪だわ」

結果が出なければ、邪魔をしやすくなる。

邪魔をされれば、結果を出しにくくなる。

悪循環、というやつだ。

「誰かが文句を付けに来るとしても、赤鞘さんが有無を言わせない実績を見せてからだと思ってたんだけど。上手くいかんなぁ」

アンバレンスは唸りながら、再び頭をかく。

そこで、ふと何かに引っ掛かったように、カリエネスに顔を向けた。

「ていうか、赤鞘さんの事、なんでそんなに知ってるんだ？」

「そりゃー気になってたからね。結構前からウォッチしてたの」

カリエネスの言葉に、アンバレンスは意外そうに片眉を上げた。

「にーやんが連れて来た神様でしょ？　どんな神なのかなぁー、って。まあ、お仕事する気にもならなかったからねぃ」

歌声の神カリエネスは、母神がこの世界に残していった神の一柱であった。

別の言い方をすれば、母神に選ばれなかった神、なのである。

カリエネスのように芸術を司る神のほとんどすべてを、母神はこの世界に残していた。

新しい世界に、古い世界の美しさはいらない。

そういうことなのだろう。

カリエネスにとってそれは、言いようもないような衝撃であった。

自分を生んだ母神に、存在そのものを否定されたような感覚。

もちろん実際はそうではないのだろうが、カリエネスはあらゆる気力を失ったのだ。

もっともそれは、カリエネスに限ったことではない。

この世界に残された芸術に携わる神々の大半が、無気力状態になっている。

「天界にいるときからさぁ。なんかがんばって勉強してるなぁー、とは思ってたの」

その頃の赤鞘が学んでいたのは、『海原と中原』の言語や文字。

それから、神が世界に干渉してよい範囲、などであった。

特に赤鞘が気にしていたのが、「干渉してよい範囲」だ。

この辺りの事はいわゆる神の領域の話であり、元人間の神である赤鞘には、判断が難しい所もあった。

「にーやん、赤鞘さんに聞いてたでしょ？　なんでそんなに詳しく調べようとするのーって」

「ああ、聞いたなぁ」

「そしたら赤鞘さん。前の世界では自分は見てるだけで、あんまり何もできなかったけど。こっちでは、色々お手伝いできるみたいだから、出来るだけがんばろうと思って。って」

地球では、神が干渉できることなど、高が知れている。

だが、『海原と中原』では、かなりの事が許されていた。

「なんかもう、すんごい一生懸命でさーぁー？　それ見てたら、なんかにーちゃんとかねーちゃんとか思い出したんだけど」

母神と共に『海原と中原』を去った神々の事だ。

「皆、あの種族はどうだとか、あの土地はどうだとか言ってたよねぇ。で、赤鞘さんと似てるなぁー、って思ってたんだけど。途中でさぁ、あれ、なんか違うなぁーって」

「違う、っていうと？」

「うーん。なんていうんだろうなぁ」

カリエネスは腕組みをして、首をかしげた。

理由がわからない、といった様子ではない。

それを示すのに適した言葉が、上手く見つけられない。

「にーちゃんとかねーちゃんって、神様なのよな。どこまで行っても、こう、目線みたいなものがさ」

「赤鞘さん、元人間だからなぁ」

「そうなんだけど、なんていうのかなぁ。そうじゃないのよ。にーちゃんとかねーちゃん達も、土地とか生き物とか大事にしてたんだろうけど。赤鞘さんは、なんていうのかなぁ」

唸りながら、カリエネスはやたらと腕を動かしていた。

うまく言葉を掴み取ろうとするように、あちこちに伸ばしては引っ込める。

そのうち、ぱちりと両手を打ち鳴らした。

「そう！　好きなんだよ！　好き！　赤鞘さんのあれはさ、自分の管理してる住民が好きだからだよなぁ！　だから、あんなにがんばっててさ、すっごくうらやましーなぁーって思ったんだよ！」

「羨ましい？」

「うん。そう、そうなんだよ。ホント、すっかり忘れてたんだけどさ。私も好きなんだよね。歌声が」

見つけられなかった言葉を見つけ、カリエネスは心底スッキリしたというように笑った。

それを見て、アンバレンスは「なるほどね」と頷く。

カリエネスが言ってた「にーちゃん」「ねーちゃん」がどの神々なのか、アンバレンスには何となく見当がついていた。

皆優秀で、仕事熱心な神だったのだが、その神々がしていたのはあくまで仕事。やらなければならない「義務」として、世界の管理をしていたのである。

「誰かが歌を歌うとさ、ドキドキしたり、ワクワクしたり、ハラハラしたり。感動っていうんかなぁー。そういうのが、こう、良いんだよねぇ。好き。うん、好きなのよ、そういうのが」

自分の言葉を確認するように、カリエネスは何度も頷いた。

「でさ、多分赤鞘さんが土地や住民に対して抱いてるものって、私が歌声に対して持ってるものと、同じだと思うわけ。だからさ、羨ましくなっちゃったんだよね」

歌うように、言葉を続ける。

「好きなものを思いっきりがんばってるのを見てるとさ、自分も自分の好きなものに、がんばりたくなるんだよ。だからさ、引きこもってる場合じゃないよねぇ」

自分の力を、存在を認められず、取り残された自分。

それがあまりに悲しく、カリエネスはずっと暗い場所に引きこもっていた。

歌声を司る神であることも忘れ、ただ腐って塞ぎ込んでいたのだ。

そんな時、赤鞘の事を知った。

赤鞘の姿を見るうちに、カリエネスは大切なことを、重要なことを思い出したのだ。

司っているから、仕事だからと言う以前に。

自分は、歌声が好きなのだ。

母神に認められなかったことが、何だというのだろう。

重要なのは、そんなことではなかった。

いじけて、やさぐれて、好きなことを放り出して。

別の誰かが「好きなこと」に一生懸命になっているのを見て、羨ましくなって。

ならば、やることはもう、決まっている。

「歌声の神カリエネス。いじけるのは飽きたので、ぼちぼちお仕事に復帰いたしまーす」

敬礼の姿勢を取るカリエネスに、アンバレンスは呆気《あっけ》にとられたような顔になる。

少々お調子者の妹ではあるが、実はこれで優秀な神であった。

そういう神が一人でも立ち直ってくれるというのは、今のアンバレンスにとってはとてつもなくありがたい事だ。

ただ、それと同時に、違う種類の喜びも感じていた。

アンバレンスにとってカリエネスは、他の神々と比べても特に関係が深い、「妹」だったのだ。

ずっと塞ぎ込んでいた妹が、元気になった。

それだけで、アンバレンスからして見れば、無条件でうれしい事なのだ。

「まぁ、あんま無理しないで。ぼちぼちやってくださいな」

「まっかしてー！　ガンガン行くよ、ガンガン！」

体でやる気を表すように、カリエネスは両腕を振り回す。

色々と問題は多いが、頼もしい味方も増えた。

「なんだその動き」

妹の奇妙な動きを見て、アンバレンスは声を上げて笑った。


水彦の腕の中には、上空から落下してきたカラスが収まっている。

ギンの話では、このカラスはカーイチという名前なのだそうだ。

上空を飛んでいる様子を森から見つけたとき、うれしそうにそう言っていた。

一番賢く、一番頼りになるカラスだと。

水で出来ている水彦の体は、非常にやわらかく、衝撃吸収性に優れている。

空から落ちてきたカラスを無傷でキャッチすることなど、簡単だ。

水彦は抱きかかえたカーイチを落とさないように気を付けながら地面に胡坐をかき、その膝の上にカーイチを乗せる。

「怪我してるな」

翼をつまみあげると、モモの部分が負傷しているのが分かった。

熱した刀で切ったような傷だ。

武芸者をしていた赤鞘の記憶から探せば何か似たようなものが見つかるかと思ったが、該当するものは無い。

ただ、見た目で厄介なものであることはすぐに理解できた。

水彦は、カーイチの首筋に手をあてがう。

目を閉じて、カーイチの体を流れる力に、意識を集中する。

生き物も世界の一部であり、土地の一部だ。

その気になれば、赤鞘も水彦も生き物の中に流れる力に干渉することが出来る。

「まだ、生きてる」

虫の息だが、生きてはいる。

意識も無く、心拍もほとんど無い。

あとほんのわずかの時間で死んでしまうだろうが、生きてはいる。

「おまえ、からすたちのなかで、いちばんかしこいんだってな」

昨日の夜、アグニー達が話していた。

カラス達はみんな優秀だが、一番はカーイチだ、と。

猟師であるギンが、最も頼りにしているカラスだ、と。

「まだ、いきていたいか？」

カーイチの耳には聞こえていないだろう。

水彦は指先を通じて、カーイチの心と体に直接問いかける。

返事は、すぐに返ってきた。

「すこし、むりをするぞ」

水彦はカーイチの嘴《くちばし》をこじ開け固定すると、その上でぎゅっと握り拳を作った。

その拳から、透明な液体が滴りはじめる。

ソレは、水彦自身だった。

世界を満たす力を凝縮し、神の血を加えて作られた、その水彦の体を作る、水だ。

拳からその水が滴り落ち、カーイチの口の中に入っていった。

嘴の端からこぼれたものは、羽の間をすり抜け体を伝い、傷口へと吸い寄せられるように流れていく。

するすると皮膚の上を流れる水が傷口に触れる。

その瞬間、カーイチの皮と肉がうごめきはじめた。

みるみるうちに傷はふさがり、固まった血は皮膚へと吸い込まれていく。

半分閉じかかっていた目が、はっきりと意識を持って見開かれた。

ぱちぱちと何度か瞬きをすると、カーイチは首を持ち上げる。

さっきまでの様子が嘘《うそ》のように、ぴょんと跳ね上がると、パタパタと羽をバタつかせた。

不思議そうに自分の体を見るカーイチを見て、水彦はあまり変化の無い顔にあきれた色を浮かべた。

「われながら、からすをたすけるとは」

地面にカーイチを立たせると、水彦も立ち上がる。

今朝のことだ。

カラス達がやたらとこっちに来るようにと急《せ》かすので、ギン達はその日の予定を変更してカラス達が案内するほうに向かうことになった。

水彦も面白半分でついてきたのだが、まさかこんなことになろうとは。

世の中、何が幸いするか分からないものだ。

「カーイチ！　水彦様！」

「ごぶじですかのぉー！」

遅れてやってきたギン達が、水彦とカーイチ達のほうに走ってくる姿が見えた。

カーイチの落下位置から森までは、かなり離れている。

水彦の俊足でなければ、とてもカーイチを助けることは出来なかっただろう。

うれしそうに鳴いて、ギンのところへ飛び立つカーイチの後ろから、水彦はのんびりと歩きはじめた。


「んん？」

見直された土地の中央付近で、赤鞘はきょろきょろと周りを見回した。

足元には、今植えられたばかりの木の苗がある。

「どうかしましたか？」

突然立ち上がった赤鞘に、エルトヴァエルは不思議そうにたずねた。

「いや、なんというか。今自分の存在が忘れ去られる瞬間に似た感覚を感じまして」

「はぁ。たしかに、今はまだ赤鞘様の存在を知っているのはアグニー達だけですが」

首をかしげるエルトヴァエル。

「いえ、そのなんていうか、そうじゃなくって。なんていえばいいんですかねこの感覚。主人公なのに忘れられている気がですね」

「はぁ」

得体の知れない危機感を感じるものの、その感覚を上手く説明できない赤鞘だった。


カーイチが守っていたアグコッコ達は、無事アグニー達のもとへとたどり着くことが出来た。

その肉は良質でとてもおいしく、卵は栄養価が非常に高い。

雑食性で、昆虫や草、木の実などを餌にするので、餌に困ることもない。

自分達に馴染み深い、育てやすい家畜がやってきたことで、アグニー達は大いに喜んだ。

アグコッコ達を守ったカーイチも、うれしそうにアグニー達を見守っている。

「まさかアグコッコが無事だったとはなぁ！」

「さすがカーイチだ！」

「えらかったなぁ、カーイチ！」

アグニー達はカーイチをたくさん褒め、たくさんなでた。

そんな、喜びに沸くアグニー達の中で、一人だけ浮かない顔をするモノがいた。

中年アグニーのスパンだ。

「あれ？」

「どうしたんだ？　スパン。妙な顔して」

「いや、なんつーか。カーイチって……」

そう言うとスパンは、改めてカーイチのことをじっくり見つめた。

よくよく確認するように見た後、眉を寄せて、言う。

「こんなにでっかかったっけ？」

「え？」

言われて、改めてカーイチを見るアグニー男性。

確かに、カーイチは大きかった。

『海原と中原』の平均的なカラスは、三十～四十センチメートル程度の大きさで、地球のものとあまり変わらないサイズだ。

しかし、目の前のカーイチのサイズは、どう見てもアグニー達と同じぐらいあった。

むしろアグニー達よりも大きいかもしれない。

「ほ、ほんとうだ……」

「言われてみればでかくなってる……」

驚愕の表情を浮かべるアグニー達。

基本的に、危険がなければ大概のことは気にしない。

そんなアグニー達である。

「ギン、カーイチってこんなにでっかかったっけ？」

カーイチに一番詳しいのは、猟師のギンだ。

だが、そのギンも、

「いや、さっき会ったときは絶対にこんなにでかくなかったんだけど」

と、困惑気味だ。

「なんでこんなことになっとるんじゃろうかのぉ？」

「心当たりがあるとすれば、水彦様か」

「水彦様、これは一体？」

丁度その場にいた水彦に、アグニー達の注目が集まった。

瀕死《ひんし》のカーイチを水彦が助けたことは、この場にいるアグニー達全員に伝えられていた。

となれば、原因として思い浮かぶのは水彦しかいない。

「ん？」

齧るとスーッとするハッカのような草を咀嚼《そしゃく》していた水彦は、突然集まった視線に、不思議そうに首をかしげた。

もぐもぐと口を動かし、草を飲み下すと、カーイチのほうに目を向ける。

「ああ。でかいな」

こくこく頷く水彦。

「あの、いいえ。そうでなくて。心当たりは？」

「おれのからだを、わけたからだな。ちからがでかすぎて、からすのからだには、たえられなかったのかもな」

水彦の体は、とてつもなく高純度の力の塊であったりする。

なにせ、水に、世界に充満する力を集中させ、神の血で命を与えた存在なのだ。

そんなものを飲んで、どうにかならないほうがおかしいだろう。

「た、耐えられなかったって。一体どうなるっていうんですか⁉」

「おい！　カーイチの様子が変だぞ！」

カーイチは突然地面にうずくまると、苦しそうにぶるぶると体を震わせはじめた。

「カーイチ！　大丈夫かカーイチ！」

慌ててカーイチに寄り添うギン。

だが、容態はどんどん悪化していくようで、一向に震えは止まらない。

がくがくと異様な震え方を見せるカーイチ。

そしてついに、カーイチの体に決定的な異変が訪れる。

カーイチの体の羽毛が、一気にはじけたのだ。

「カーイチィィ⁉」

舞い上がり視界を塞ぐ黒い羽毛を、必死に手で振り払おうとするギン。

他のアグニー達も、慌ててカーイチのもとへと集まりはじめる。

「カーイチ！　無事か⁉」

指先に羽のようなものが触れ、ギンの表情が明るくなる。

急いでソレを抱き寄せるギン。

だが、手の中に収まったそれには、何か違和感があった。

「あれ？」

顔をしかめ、ギンは体を離してソレを見てみた。

ギンが摑んでいたのは、大きな黒い翼を持ったもので間違いない。

ただ、その翼の持ち主は、明らかに鳥の形をしていなかった。

二本の足に、器用そうな前足。

いや、前足というか、この場合手というのが的確だろう。

つるりとして体毛の無い体は、浅黒く滑らかな皮膚に覆われている。

意志の強そうな目は少しだけ吊り上がっていて、細い眉が逆ハの字を描いている。

その背中には、黒い翼が生えていて、身長はギンより少し低いぐらいだろうか。

「……」

凍りつくギン。

手の中のソレ、というか、その人物は、そんなギンの顔を見て不思議そうに首をかしげた。

「かー」

声の主は、背中に翼を生やした人物だ。

「おお。おもしろいみためになったな、かーいち」

水彦はこくこくと頷くと、再び葉っぱを口に含みもぐもぐと噛みはじめた。

「「「……」」」

凍りつくアグニー達。

アグニー達の異変に、その人物も何か違和感を感じたのだろう。

きょろきょろと自分の体を見回している。

「か」

最初に正気を取り戻したのは、ギンだった。

恐る恐るといった様子で、口を開く。

「かーいち？」

「かー」

ギンの声に応えたのは、背中に翼を生やした人物だった。

その場にいたアグニー達の絶叫が、見直された土地中に響き渡った。


荒野の真ん中付近に、木の苗で作られた円があった。

その円の中心には、赤鞘が握った鞘が突き刺さっている。

赤鞘は、土地の管理の真っ最中だった。

なぜ、赤鞘は苗で出来た円の真ん中にいるのか。

話は少し前にさかのぼる。


日が昇り、水彦が出かけた後。

赤鞘はエルトヴァエルに、集めてもらった苗の説明してくれるように頼んだ。

カゴに入れられた苗をひとつひとつ説明しはじめるエルトヴァエルの言葉を聞いていくうち、赤鞘はどんどん血の気が引いていくのを感じた。

集められた苗は、どれも「世界樹」「調停者」「精霊樹」と呼ばれる、凄まじい加護と力を持っていた。

赤鞘は引きつった表情を浮かべたまま、笑いはじめた。

そんな様子を見たエルトヴァエルは、不思議そうに首をかしげる。

「どうかなさいましたか？」

「いえ、あー、なんというか。思ったよりもすごい木がキタなー、と思いまして」

依然として引きつり笑いを浮かべている赤鞘。

それでも、赤鞘は意を決した様子で言葉を続けた。

「ええっと、私が欲しかったのはですね。なんていうか、木材になるような木だったんですよ。住民が来たとき用にって言うか。ほら、そういうの育てておいたら、気が利く神様だなって思われるかも、なぁーんて……」

赤鞘は自分が欲しい苗の特徴を挙げるとき、「とにかく大きな木」というように説明していた。

木材が作れるような木をあらかじめ植えておくことで、住民が来たときすぐに家を建てられ、そのついでに「気が利く神様でステキ！」とか思われて、少しは敬ってもらえるかもしれない。

思いやりと、微妙な下心だ。

そんな微妙な下心を恥ずかしがった結果、赤鞘はエルトヴァエルに探してもらった木を木材にするつもりだ、と、伝えなかったのだ。

「いや、それにまさかそんな立派な木があるとは思わなくって。分かりにくいこと言って、すみませんでした」

そう言って、赤鞘は頭を下げた。

そんな赤鞘に、エルトヴァエルは思い切りうろたえた。

まさか神様が天使に頭を下げるなんて思わないからだ。

「い、いいえ！　私こそすみません！　へんに深読みしてしまって！」

赤鞘が言う「とにかく大きな木」というのを聞いたエルトヴァエルは、赤鞘が神木になる木を欲していると考えたのだ。

神様が欲しがる大きな木といえば、彼女にはソレぐらいしか思い浮かばなかった。

とはいえ、エルトヴァエルに非は無いだろう。

まさか神様が木材になる木を植えたがるとは思わないだろうから。

しばらく頭を下げあった後、一柱一位は改めて苗を見下ろした。

住民のために苗を植えようと思っていた赤鞘だったが、最初の住民であるアグニー達が既に来てしまっているので、今さら木材用に植えるというのも違う気がする。

そもそも、こんなご大層な木を木材として切り倒すのは、ビビリである赤鞘には無理だった。

「どうしますかねこれ」

腕を組んで唸る赤鞘。

そんな赤鞘に、エルトヴァエルはあるアイディアを出した。

「これらの木は、力の循環を管理する力がありますから。上手く育てれば、赤鞘様の補佐になるかと思います」

母神が新世界を創るためにいなくなる以前から、これらの木は周囲の環境を整える能力を持っていたのだという。

土地の力の循環を助けることは、木自身を維持し、ひいてはその子孫を繁栄させることに繋がる。

母神が優秀な神を連れて行って以降も大きな森が残っているのは、実はこういった植物の力によるところもあるのだという。

もっとも、植物はあくまで、自分達の都合がいいように力に干渉しているに過ぎなかった。

大抵の場合、それは土地にとっても有利に働くのだが、逆に力の循環を妨げることもある。

赤鞘自身、植物のせいで痛い目を見たこともあるのだが、そういった部分の調整も、今では慣れたものであった。

「あー。なるほど。捨てるわけにもいきませんし、ソレでいきましょう」

そんなわけで、赤鞘とエルトヴァエルは、早速苗を地面に植えた。

今後赤鞘が土地の管理をする定位置となる、土地の真ん中。

そこに、円を描くように、等間隔で苗を植えていく。

描かれた円は、半径二十メートル。

今はまだ小さな木だが、いずれは大きく、立派に育つだろう。

そうなれば、赤鞘の仕事もずいぶん楽になるはずだ。

そんなわけで、赤鞘は木で描かれた円の真ん中に座っているのだった。

エルトヴァエルはアグニー達にポンクテを届けに行っているし、水彦は狩りについていってしまった。

赤鞘はまさにお留守番状態だ。

とはいえ、何もやることがないわけではない。

むしろ、土地の力の循環を管理するという、本来の仕事をしている最中なのだ。

「でもビジュアル的には座ってるだけなんですよね。これ」

そんなことをつぶやきながら、ため息を漏らす赤鞘だった。

意識を集中すると、自分の管理することになる領域全体が頭の中に浮かび上がる。

周りから入ってくる力と、出ていく力。

この両端をきちんと認識してから、力の流れに影響を与えていく。

赤鞘の影響力はごく小さく、動かそうと思ってもなかなかすぐには動かない。

さらに、力の流れは複雑に絡みあい影響しあっているので、ひとつ動かすとほかの場所へも動きが出てくる。

それでなくても、川の流れが常に変化するように、力の流れは絶え間なく動き続けているのだ。

それらを抑え、全体の流れを制御するのは、恐ろしく難しい。

経験と勘がものをいう仕事だ。

無秩序に乱れまくった力の流れを、少しずつ整えていく赤鞘。

「んー。どんなにがんばってもやっぱり三ヶ月以上かかりますかねー。いやいや。もう住民がいるんですから、がんばらないと」

自分を叱咤《しった》しながら、作業を続ける。

力の流れは、地形や場所によって異なる。

流れをひとつ動かしたことで起こる変化は、土地によってまったく違う。

だからこそ、日本ではひとつの土地に一柱の土地神がいた。

その土地神が土地の癖を覚えていて、土地をすべて把握してこそ、土地は円滑に管理されるのだ。

ちなみに、赤鞘がかつて治めていた土地は、今は隣の土地と合併されて管理されている。

かなり優秀な土地神であり、赤鞘もよく知っている神で、安心して土地を明け渡すことができた。

新天地への旅立ちを応援してくれたその神の厚意に応えるためにも、この土地を良くしなくてはいけない。

そんなことを考えながら作業を進める赤鞘。

そのときだった。

ふと、見直された土地に干渉する力の存在を感じた。

干渉するといっても、力の流れに影響を与えるとか、そういう類のものではない。

何かに覗き込まれている、視線を感じる、というのが一番近いだろう。

「あらら。懐かしいですね」

赤鞘の表情が緩む。

この力は、地球にいた頃、もっとも、百年以上昔のことになるのだが、時折感じたものだった。

遠視や千里眼と呼ばれるような遠くを見る為の力で、その頃はまだいた、天狗《てんぐ》や仙人が使う技だ。

土地を管理する神にとって自分の土地は、自分の体そのものだ。

たとえどんな小さな力でも、干渉されればすぐに分かる。

「いるんですねー、この世界でも。懐かしいなぁ。あの頃は村も賑やかでしたっけ……って、違う違う」

在りし日の思い出に飛びそうになる意識を引き戻そうと、赤鞘は顔をぱちりと叩いた。

こういう術を使うものがいるということは、離れたところからアグニー達を探すものがいるかもしれないということだ。

物理的に近づけなくても、こういう手があった事を忘れていた。

だが、幸いまだ手遅れではない。

赤鞘は軽く指を振るうと、「土地を閉じた」。

遠視や千里眼を遮断する術を張ったのだ。

大仰に聞こえるが、赤鞘にしてみれば家のカーテンを閉めるぐらいの気軽なもので、然《さ》して労力は要らない。

妖怪に毛が生えた程度の能力の赤鞘でも、土地神として必要な能力は十二分に持っているのだ。

これで、今覗き込んでいるもの以外は中を覗き込めない。

赤鞘は覗き込んでいる術に意識を集中すると、ソレに自らの術を同調させた。

そうすることで、こちらの言葉を、術を使っている相手に伝えることが出来る。

電話代わりにもなるこの術は、地球時代にほかの土地神と連絡を取るのによく使っていたものだ。

他人の術への同調、干渉は難しい技術だといわれているが、手先が器用な日本神には得意分野であったりする。

便利そうに見えるこの術だが、ひとつ弱点があった。

相手の意識と直接繋がりあうのに等しいこの術を使うと、お互い嘘がつけない。

頭を直接繋げているようなものだから、考えていることがだだ漏れになってしまうのだ。

まあ、今回はただ挨拶をするだけのつもりなので、それでも特に問題はないと、赤鞘は判断した。

術の先を自分に固定してしまえばアグニー達を探られることもないし、折角覗きにきたのに、むげに帰すのもかわいそうだ。

それに、覗きにきた理由も聞いておいたほうがいいだろう。

赤鞘は早速相手の術に意識を向け、術を同調させた。

そして、気軽ーなかんじで「おはようございますー」と声をかけた。


見直された土地がある大陸の中ほどに、「山」とだけ呼ばれる山があった。

聖域であり、名前を付けることを禁止されたそこは、森の女神が治めていた場所だ。

強い力を持っていたその神は、母神とともにこの世界を去ってしまった。

それ以降は彼女が育てた精霊や聖獣達が、この地に残り聖域を守っている。

そんな聖域に、一箇所だけ人間が住まうことを許された場所があった。

弱者の救済と助け合いを教義とする宗教の寺院だ。

総本山とされるそこは、優に五百年を超える歴史を持った場所だった。

最初は、小さな山小屋であったとされている。

開祖である人物が山に籠もり修行していた場所だったのだそうだ。

弟子が増えるたびに、石を切り出したり、木を伐採して、建物は大きくなっていった。

今では高さ三百メートルを超える巨大建築となったそこは、一種要塞のようになっている。

太陽の下であるため分かりにくいが、夜になればその壁面を覆い尽くすような光で描かれた文様のようなものが浮かび上がる。

それらはこの世界に満ちる魔力を使い、魔法を発動させる為の陣であった。

聖域の森とその魔法によって守られたこの寺院は、たとえ国家でも干渉を許さない、まさに要塞のような場所であった。

そんな寺院の一角に、「岩上瞑想《めいそう》の間」と呼ばれる場所があった。

外から見れば、石で造られたドームのように見えるだろう。

地面から突き出した巨大な岩を覆うように造られたそこは、高位の僧以外は立ち入りを禁止された場所だ。

中央にある大岩は、地中の底に流れるという気脈にまで届いているといわれている。

その為か、この場所で「遠視」を行うと、世界のほぼすべての領域へと視線を飛ばすことができた。

もっとも、ソレも絶対とは言い切れなかった。

力の流れが乱れていれば視ることはできないし、術者が未熟であれば気脈の流れに呑まれて一瞬で絶命してしまう。

どんな術者でも、そこの流れに耐えて術を使い続けられるのは、十分程度が限界であるとされている。

にもかかわらず、今岩の上に座っている人物は、既に三十分以上術を使い続けていた。

ただ一人、無制限でそこを使うことを許されたその男は、端から見れば小汚い格好をした老人にしか見えなかった。

コボルト、または犬人と呼ばれる種族であるその老人は、誰もいない岩上瞑想の間で、楽しそうに笑い声を上げ、言葉を発していた。

話している相手は、この近くにいる相手ではなかった。

老人の遠視を逆にたどり、声をかけてきた神。

土地神・赤鞘だった。

「これは、よもや術をたどってお声をかけてくださるとは！　まことに、まことに恐れ多いことでございます」

「いえいえ。懐かしい術だったもので」

本当に楽しそうな声が、頭に響いてくる。

話している相手が神であることは、すぐに分かった。

そもそも神というのは、尋常のものとはまったく気配が違う。

遠視の術を通してみても、その存在感からして違うのだ。

見た目は普通の人族の男のようではあったが、まとう空気がまったく異なる。

高位の僧である老人には、それが痛いほど感じられた。

「おお、そうだ。名乗るのが遅れてしまいました。私の名はコウガク。修行僧をしている、じじぃでございます」

「ご丁寧にすみません。私は赤鞘。この『見放された土地』、今は『見直された土地』と呼ばれる場所を守る、土地神です」

「おお。『見放された土地』の。結界が無くなっていたのは、貴方様が治められることになったからでございましたか」

「ええ、そんなところです。ところで、何でこんなところに遠視を?」

この質問に、コウガクは少しの間考え込むように間を空けた。

今赤鞘とは、遠視と遠話、両方の術が繋がっている状態にある。

テレビ電話のようなものと思えば、間違いないだろう。

この術で繋がったもの同士は、お互いの考えや思いが繋がってしまう。

つまり、嘘がつけない。

神である赤鞘は嘘をつく必要はないし、そもそもその常識が神である相手に通用するとは、コウガクは思っていない。

実際は妖怪に毛の生えた程度の赤鞘には、この術の弱点が適応されるのだが、コウガクはそうだとは夢にも思っていなかった。

なにせ、相手は神なのだ。

誤魔化そうが何をしようが、意味はないだろう。

まさに、天上におわすお方なのだ。

事実を事実のままお伝えしよう。

そう、コウガクは決心をした。

赤鞘のことを知らないがゆえに起こった勘違いである。

「数日前、私の下にとある国の王族から使者が来ました。『見放された土地』が封印される理由を作った国の、王でございます」

「へぇ。王様から」

このとき、赤鞘はえらい人から頼まれるなんて、このおじいさんもすごいんだなぁ。と、思っていた。

自分が神様であることは棚に上げて、だ。

基本、殿様とか王様とか、そういう権威に弱い日本神だった。

「その王は、実は昔の私の弟子でございまして。未だにこの年寄りに仕事をさせるのでございます。その坊、いえ、王が言うには、彼の地の近くで、ハイエルフによる大規模な奴隷狩りがあった、とか。普段は他種族に見向きもしないハイエルフどもにしては、いささか珍しい事でございます」

「へー……」

分かったような分からないような、微妙な返事をする赤鞘。

頭の中では、「えるふなんているんだー」とか、そんなのんきなことを考えていた。

「これはよもや、何かの異変ではないか。そう思ったのでございましょう。彼の地に人を近づけず、戒めとして守ることを義務と思っておる国と王でございます。もし彼の地に何かあれば一大事。そう思い、私に遠視を依頼してきたのでございます」

「自分達で見に行こう、っていう考えにはならないんですかね？」

「まさかまさか！　彼の地に近づこうと思うものなどおりませんとも！　近づく前に、各国の兵士も目を光らせておりますからのぉ」

「あー。そうなんですか。警備してもらってるんですね」

なんとものんきな赤鞘の言葉に、コウガクはたまらず笑い声を上げた。

人間にとってみれば神の怒りを買わないかと必死の行いも、やはり神々から見ればそんな物なのか、と。

もう老成し、落ち着いたコウガクにしてみれば、改めて神の偉大さを思い知らされたような気分だった。

「何せ、向こう見ずな魔術師達でさえ、遠視をすることすら渋るぐらいで御座いますから」

「魔術師の人って、やっぱり向こう見ずなんですか？」

「それはもう。知識欲の塊でございますからな。とはいえ、その探究心に助けられているのではありますが」

地球の科学者と同じようなものなんだなぁ。

そんな考えが、赤鞘の頭に浮かんだ。

彼らがいるからこそ、地球は今の繁栄を手に入れているわけだから、悪くは言えないのだが。

「どこも似たようなものなんですねぇ」

しみじみとつぶやく赤鞘。

コウガクはそのまま、話を続けた。

「遠視をするにも、まず事情を知らねばならないと思いまして、ハイエルフどもが何を襲ったかと思えば、なんとアグニーという少数種族でございました。私が旅をしていた頃、アグニーに世話になったことがありまして。既知のものもおるのではないかと思い、急いで遠視をした次第でございます」

これを聞いて、赤鞘の目が一瞬鋭くなった。

だが、術から伝わってくる感覚では嘘を言っているようには思えない。

コウガクも、いくらか予測はしていたのだろう。

神の采配を、静かに待つ。

やがて赤鞘は、ゆっくりと口を開いた。

「彼らは、元気ですよ」

その言葉に、コウガクの表情が緩む。

「そうでございましたか」

静かにそういう表情を見て、赤鞘は自分の表情も緩むのを感じた。

どうやらこの人物は、悪い人ではないらしい。

赤鞘はそう判断した。

「ところで赤鞘様。その中に、スパンというものと、グレッグス・ロウというものはおりませなんだか。少し剣の扱いの手ほどきをした子供……いや、今はもう大人でございましょうか」

「スパンさんに、グレッグスさん？　ええっと、スパンさんていうのは、青い髪に青い瞳の？」

「おお、そうでございます！　グレッグス・ロウは、金髪金目の青年でございました！」

「ふたりとも、とっても元気ですよ！」

「誠でございますか！」

共通の見知ったアグニーの話題で、赤鞘とコウガクは大いに盛り上がった。

しばらくアグニー達のことを話した後、赤鞘はいくつかのことをコウガクに頼んだ。

まずは、『見放された土地』のことをまだ口外しないでほしいということ。

そして、アグニー達のことを秘密にしてほしいこと。

土地がまだ整備できていないことと、アグニー達の安全を考えられてのこの頼みは、コウガクに快く受け入れられた。

神のお願いを僧侶である自分が、どうして断れようか。

そういうコウガクの言葉に、赤鞘はそういえばそうかと苦笑を漏らす。

「それに、私自身彼らを大いに気に入っておりますから。ほんとうに、助けていただいて、ありがとうございます」

改めてそう言われ、赤鞘は慌てふためいた。

汚い服装こそしているものの、コウガクが高位の僧侶であることは赤鞘には容易に分かった。

何せ、ぶっちゃけた話、赤鞘よりもずっとずっと強い力を持った相手なのだから。

コウガクという人物は、天狗とか仙人とか、そういう強い力を持った存在なのだ。

神であるというだけで、そういう人物に敬われるのは、赤鞘としては大変恐縮だった。

コウガクにしてみれば、赤鞘のそういった姿はすべて謙遜にしか見えないのだが。

もうひとつの懸念材料のことを、コウガクは自ら請け負ってくれた。

王への報告の件だ。

ハイエルフと繋がりを持てるかもしれない材料であるアグニーのことや、見直された土地のこと。

それらふたつをしばらくの間伏せてくれるというのだ。

「本当のことを知らせても混乱を招くだけでございましょう。今はまだ大丈夫だが、神の怒りに触れたくなければ近づくな、とでも伝えておきますれば、その国に入っている間者を通して、全国に知れ渡ることでしょう」

なんとも穿ったコウガクの物言いだったが、赤鞘は「政治の世界ってたいへんだなぁー」と、思うだけだった。

武芸者で刀一本ぶら下げて諸国を漫遊していた彼に、その辺の事情を察しろというのは、酷なことだろう。

結局、コウガクは見直された土地のことを秘密にし、さらにほかの国が近づくのを牽制する為の報告を王にしてくれることになった。

僧侶である自分には、王よりも神に仕える義務がある。

そう言って笑うコウガクの姿に、自分よりもよっぽどえらい人なんだと、赤鞘は改めて思った。

術を解く際、そんなコウガクに赤鞘は敬意を持ってこう口にした。

「よろしければ、遊びに来てください。歓迎しますから」

これにコウガクは大いに喜び、「では、赤鞘様のご尊顔を拝するついでに、アグニー達にも久しぶりに会いに参りましょう」と、返した。

この約束が果たされるのは、もうしばらく経ってからのことになる。

突然、翼の生えた人の形になったカーイチを前に、アグニー達は慌てふためいていた。

「と、とりあえず落ち着いて！　みんな、冷静になるんだ！」

「服っ！　カーイチ、服着てないよ！」

「ホントだ。どうしよう」

「どうしようじゃなくて、服もってこないと！」

「服、服！　きるもの、どこかにないの⁉」

「えーっと、ないよ」

「なんでないんだよっ！」

「っていうか、なんでそんなに冷静なんだよ！　もっと慌てろよ！」

「冷静になるのか、慌てるのか、どっちなのさー」

「で、なんで服がないんだ？」

「だって、だれももってきてないし」

「あー」

着の身着のままでここに逃げ込んだアグニー達に、今着ている以外の服などなかった。

その服も、ずっと着たっきりでボロボロだ。

「ああ、もう！」

わたわたしているアグニー達の中で、最初に動いたのはギンだった。

上着を脱ぐと、カーイチに押し付ける。

「これでかくしておけ！」

カーイチは不思議そうに首をかしげながらも、受け取った服を胸に抱くようにして体を隠した。

ギンのほうが体格が大きいため、それで十分に体は隠れるのだ。

被ればよさそうなものだが、背中に大きな翼があるので、まともに着ることはできなさそうだ。

とりあえず姿が隠れたところで、全員ホッとため息をついた。

「しかし、なんで急に形が変わったんだ？」

「ふぅむ。昔、聞いたことがあるのぉ」

「何か知っているんですか、長老」

顎に手を当て唸る長老に、アグニー達の視線が集まる。

「強い魔力を持ったものは、その姿を変えることがあるという。もしかしたら、水彦様のお力を受けたことでカーイチは変化したのかもしれん」

「「「な、なんだってー！」」」

実際、長老の予想は当たっていた。

日本の妖怪と似たようなもので、年を経たり力を得たモノが変化することは、この世界でもままあることだった。

猫や蜘蛛《くも》、狸《たぬき》だって人間の姿になるのだ。

カラス天狗というモノがいるように、カラスが人の形になってもおかしいことはないのだろう。

なにより、水彦がカーイチに与えたのは、水彦自身の体の一部だ。

濃厚な神の力の一端に触れたのだから、奇跡のひとつやふたつ起きるだろう。

「なんてことだ」

「まさかカーイチが人の形になるなんて」

驚愕するアグニー達。

そんな彼らを見て、水彦は改めてカーイチのほうに顔を向けた。

状況が摑めていないのか、カーイチはギンの洋服を握り締めたまま、首をかしげている。

「からすてんぐだな」

水彦はそう言うと、ひとり納得したように頷いた。

対してアグニー達は、心底不思議そうな顔でますます首を捻っている。

「からすてんぐ？」

「おお。てんぐっていうのは、なんか、すごいやつのことだ。からすっぽいすごいやつは、からすてんぐっていう」

感心したように頷くアグニー達。

言われたことは素直に信じる。

純粋な心の持ち主なのだ。

「ほんとうは、としをとったやつがなるらしい。でも、おれがすごいから、かーいちはすぐにすごくなった」

素直に感心するアグニー達。

基本的に疑うことを知らない。

単純な思考の持ち主なのだ。

「でも、どうするんだ？」

「うん。このままじゃ困るよな」

「困るのか？」

「だっておまえ、こま……らないか？」

「そういえば別にこまらないな」

「カーイチはカーイチだもんなぁ」

「カーイチはどう思ってるんだ？」

「何か困ることはあるか？」

無言でじーっとアグニー達を見ているカーイチに、ギンがたずねる。

自分の主人であるギンに聞かれ、カーイチは不思議そうに首をかしげて答えた。

「別に、何も困らない。ギンの狩りの手伝いをして、アグコッコ達の世話をする。いつも通りだよ」

その答えに、ギンは安心したように笑顔になった。

「そうか。そう、ん？」

何らかの違和感を感じ、カーイチに向き直るギン。

ほかのアグニー達も異変を感じたのか、カーイチに視線が集まった。

そんなアグニー達の様子に、カーイチは不思議そうに首を捻ってたずねる。

「どうした？　アグニー達」

「「「かーいちがしゃべったぁぁ！！！」」」

今日、二回目の一斉絶叫だった。


（了）

書き下ろし短編 ● 若き土地神

元々人間であった赤鞘には、当然ながら土地神としての知識も技も一切なかった。

近隣の多くの土地神からそれらを教わったのだが、その中の一柱が「御焚火様」である。

いわゆる火炎信仰から生まれたこの神は、その性質ゆえ、かなり古くから祀られていた。

なのだが、御焚火様はけっして強い力を持つ土地神ではない。

「火って色々と引き合いがあるんですよ。鍛冶《かじ》とか、料理とか。なもんで、信仰心も分散するんでしょうね」

普通ならば悲観するところだろうが、気楽でいい。

そう言って笑う御焚火様に、赤鞘は好感を持った。

御焚火様も赤鞘を気に入ったようで、二柱の交友は永く続くこととなる。

「土地を治めるとなると、力の流れを変える技がまず必要なんですけども。簡単なところからいきましょう」

そういって御焚火様が用意したのは、焚火であった。

「火が燃えるには、様々な要素が必要です。赤鞘さんももう土地神ですから、何となく燃えているときに空の気が入っていくのがわかるでしょう？」

「はい、何となくですが」

焚火に向かって、何かが流れ込んでいっているのが、赤鞘にもわかった。

それが火を強くし、その結果別の物へと変化し、上へと上っていく。

赤鞘が見えたままを伝えると、御焚火様は満足げに頷いた。

「神の類になると、その流れ。力の流れに干渉することが出来るんです。やって見せましょう」

そう言うと、御焚火様は人ならざる力を振るい始めた。

先ほど「空の気」と言った、焚火に向かって流れていく力の流れに干渉していく。

脆く繊細なものでも扱うような、柔らかな力の動き。

赤鞘は、思わず感嘆の声を上げる。

人であった頃には目にすることもできなかった光景に、唯々《ただただ》驚いているのだ。

だが、この後赤鞘は、さらに驚くことになる。

それまでは穏やかだった焚火の火が、突然天も焦がせとばかりに大きくなったのだ。

ただ大きくなったのではない。

空に向かって一直線に伸びるそれは、まるで柱。

あるいは、炎で出来た竜巻の様であった。

「今は多く力を流してやったから、このようになっている訳です。逆に、これを減らしてやると——」

御焚火様は、再び力の流れに干渉しはじめた。

今度は、先ほどまでとは逆の動き。

分かりやすいようにゆっくりと行われていることが、赤鞘にもわかる。

変化は、すぐに表れた。

それまで轟々と燃えていた焚火の火が、見る見るうちに小さくなっていったのだ。

先ほどとは比べ物にならないほど勢いを失った火は、ついには完全に消えてしまった。

「一番わかりやすくて簡単なのは、まぁ、こんな所でしょう。私が焚火なので、これが教えやすいというのもあるんですけどね」

御焚火様に促され、今度は赤鞘がやってみることとなった。

再び焚火に火がつけられ、赤鞘はその前に立つ。

「まずは、ゆっくり。慌てずに、少しずつやってみましょう」

赤鞘はまず、御焚火様が触れていた力を探した。

まるで水の流れのように焚火へと向かうそれに、恐る恐る触れる。

触れるといっても、実際に手で触れているわけではない。

神になったときから使えるようになった、人間からすれば不可思議な力でもって触れるのだ。

まずは、力の流れを意識して多く流し込む。

上手くいけば、火が大きくなるはずだ。

とはいえ、そう簡単に上手くいくはずがなかった。

赤鞘は、先ほど見た御焚火様の真似をしようとしているのだが、どうもうまくいかない。

御焚火様の動作は、柳の枝のようにしなやかで、絹織物のように柔らかだった。

それに比べて赤鞘は、爪楊枝《つまようじ》のように硬く、目の粗い麻布のようにごわついている。

元来、赤鞘は器用な方ではない。

慎重に動いているつもりでも、あまりにも大雑把で加減知らずなものになってしまっていた。

そっと、なるだけ優しく力に干渉する。

だが、あまりにも力が弱すぎるのか、力の流れはまるで微動だにしない。

何度か繰り返すが、やはり力の流れに変化は表れなかった。

当然、焚火の火もそのままである。

どうやら、もっと大胆にいかないと駄目らしい。

そう判断した赤鞘は、少しだけ力を強めることにした。
とは言っても、加減知らずの赤鞘がやることである。
「あ、ちょっと」
御焚火様が止めようと声を上げるが、少しだけ遅かった。
赤鞘が触れていた力の流れが、唸りを上げて焚火へと注ぎ込まれる。
一気に流し込まれた力が、凄まじい勢いで焚火の火を燃え上がらせた。
いや、燃え上がらせた、というのには少々語弊があるだろう。
本来ならば長い時間かけて燃えるはずだったものが、一時に変化を起こしたのだ。
それはもう、爆発と呼んだ方が正確な、劇的な変化であった。
轟音と、爆炎に爆風。
地響きがするほどのものであったが、幸いなことに場所は空き地。
周囲には何もなかったため被害はなく、赤鞘と御焚火様も無事である。
人間だった頃から荒事に慣れていた赤鞘は、とっさに飛びのいて。
そもそも神格化した焚火そのものである御焚火様は、炎で傷つくこともなく。
とはいえ、驚いてはいるようだった。
「びっくりしたぁ！　赤鞘さん、無事ですか！」
「はい！　すみません、加減を間違えたようで！」
地面に転がりながら謝る赤鞘だったが、御焚火様はからりとした様子だった。

「あっはっは！　はじめは皆こんなもんですよ。何回も爆発やらなんやらをさせて、土地の管理の仕方を覚えていくものなんです」

「そうなんですか？」

「だから、こんな開けた場所で練習してるんですよ」

「なるほど。なんていうか、土地神の仕事って、思ったよりも物騒なんですねぇ」

「そう、案外物騒なんです」

　この時の御焚火様の言った通り。

　赤鞘はこの後、何度も爆発やらなんやらをさせて、少しずつ土地の管理の仕方を覚えていったのだった。

※この物語はフィクションです。
作中に同一あるいは類似の名称があった場合でも、実在する人物・団体等とは一切関係ありません。
※本書は、二〇一四年八月に小社より刊行した単行本『神様は異世界にお引越ししました』を加筆修正し、文庫化したものです。

アマラ

東京の秘境、多摩川流域に住む猫に似た生物。性格は比較的獰猛で、肉と麺類を好む。住処から離れることを極端に嫌うが、まれに自転車などで移動することもある。ただ、おいしいものには目がなく、何か食べたくなると電車などを利用して遠くへも出かける。普段は釣りをしたり、狩りをしたり、ゲームをしたりして生活している。あと、たまに小説を書く。著書に「猫と竜」シリーズ、『魔女と使い魔の猫』(ともに宝島社刊)などがある。

宝島社
文庫

神様は異世界にお引越ししました
日本の土地神様のゆるり復興記
(かみさまはいせかいにおひっこししました　にほんのとちがみさまのゆるりふっこうき)

2024年5月21日　第1刷発行

著　者　アマラ
発行人　関川 誠
発行所　株式会社 宝島社
〒102-8388　東京都千代田区一番町25番地
電話:営業 03(3234)4621 ／編集 03(3239)0599
https://tkj.jp

印刷・製本　株式会社広済堂ネクスト

Printed in Japan
First published 2014 by Takarajimasha, Inc.
ISBN 978-4-299-05555-2